U0677300

奥兹国奇遇记

林基廷克国王

［美］弗兰克·鲍姆◎著

［美］约翰·R.尼尔◎绘

陈亚慧◎译

新疆青少年出版社

图书在版编目（CIP）数据

林基廷克国王 / (美) 弗兰克 · 鲍姆著 ; 陈亚慧译
. -- 乌鲁木齐 : 新疆青少年出版社, 2023.4
（奥兹国奇遇记）
ISBN 978-7-5590-9327-1

Ⅰ. ①林… Ⅱ. ①弗… ②陈… Ⅲ. ①童话 – 美国 – 近代 Ⅳ. ①I712.88

中国国家版本馆CIP数据核字（2023）第066867号

林基廷克国王
LINJITINGKE GUOWANG　　弗兰克 · 鲍姆 著　约翰 · R.尼尔 绘　陈亚慧 译

出版发行	新疆青少年出版社有限公司
社　　址	乌鲁木齐市北京北路29号
电　　话	0991—6239231（编辑部）
经　　销	各地新华书店
印　　刷	天津融正印刷有限公司
法律顾问	王冠华 18699089007
开　　本	787mm×1092mm　1/16
印　　张	14.5
版　　次	2023年6月第1版
印　　次	2023年6月第1次印刷
书　　号	ISBN 978-7-5590-9327-1
定　　价	48.00元

新疆青少年出版社有限公司官网　http://www.qingshao.net
新疆青少年出版社有限公司天猫旗舰店　http://xjqss.tmall.com

CHISO 新疆青少年出版社

Preface 前　言

这是一个关于小英雄的故事，是一个勇敢的小男孩的故事。当然，故事里也有小女孩，也有其他一些新鲜的面孔，同样还有多萝茜、奥兹魔法师等奥兹国的老朋友们。这个故事和之前几部奥兹国的故事有那么一点不一样，因为它没有发生在奥兹仙境里，不过我们勇敢的主人公们突破重重险境，长途跋涉终于来到了翡翠城，还在奥兹玛公主的宴会上上演了一出欢天喜地的“大团聚”。希望我的小读者们能一如既往地喜欢这个故事。

只要能得到奥兹玛公主的恩准，我还会继续为大家写奥兹国的故事，我听说多萝茜、贝翠·鲍宾、特洛特这三个活泼热情的小姑娘这些日子又经历了不少轰轰烈烈的冒险，还发现了一些闻所未闻的奇异生物。你们一定迫不及待想要知道了对不对？放心吧，我比你们还急着要一吐为快呢，所以在你们读这本《林基廷克国王》的时候，我就开始着手写那些新的冒险故事了。

记得保持联系，写信告诉我你们的那些好点子以及对故事的意见，它们对我来说很重要，我将不胜感激。每个小读者给我的来信我都会回复，虽然写信的人日益增加，工作量越来越大，但是我真的非常开心。

弗兰克·鲍姆

奥兹国皇家史学家

1916 年于加利弗尼亚州好莱坞的奥兹小筑

目录
Contents

目录
Contents

第一章

宾加里王子

如果你手上有一份奥兹国的地图，那么你就会知道，它的四周是无边无尽的沙漠，沙漠外是广阔无垠的海洋——它们就是最好的天然屏障，将奥兹仙境以及它的众多国民与外面的世界隔绝开来。

在奥兹国外面这片宽广的地域中，存在着许许多多神奇的、不为人知的小国家。沙漠中有一条狭长的国土是矮子精们的领地，再往外就到了诺耐斯迪克海，在这片紫红色的水域沿岸，有一个小小的林基廷克王国，这个滨海小国面积不大，民居和王宫都离海岸不远。这里的人们大多都靠打鱼生活，海里物产富足，他们靠海吃海，过着衣食无忧的生活。此外他们还善于经商，和附近的岛国开展水上贸易，互利互

惠，友好和平地相处。

从林基廷克国出发，一路向北方航行，经历四天的海上之旅，美丽的岛国宾加里就会出现在你的面前，我们所要讲的许多有趣的故事，就从这里开始——

宾加里国四面环海，是个景色优美的国家，全长共四英里[①]，算不上大。北部地势开阔，海岸线有一英里长，而南端狭窄，海岸线只有不到半英里。

这里风光旖旎，到处是芬芳的花草，苍翠的大树成片地覆盖在岛上，成群的海鸟在蓝天与滔滔海水之间自在翱翔，唱着动听的歌曲。从高空俯瞰，整个小岛在大海的环抱中，仿佛一块嵌在紫红色绸缎上的美丽翡翠。

宾加里小岛外围临海的地方是一道青草丛生的斜坡。城市中心地带是一片茂密的树丛，棵棵大树挺拔而秀丽，枝繁叶茂。在成荫的绿树下，稀稀拉拉地散布着岛民的房屋。

整座小岛不分城镇与乡村，人们住在哪里都一样舒适惬意——抬头仰望，便是郁郁葱葱的枝叶，仿佛一把遮阳避雨的保护伞。只需打开窗户极目远眺，便能穿过高耸参天的树木看到那紫红色的诺耐斯迪克海。

在小岛最北端坐落着一座颜色雪白的宫殿，这里住着宾加里的统治者——吉蒂卡特。宫殿全部是用洁白温润的大理石砌成的，在阳光下闪烁着耀眼的光芒，而金色的拱形屋顶更是辉煌夺目。这座宫殿虽然不算庞大，但是华丽非凡。

你一定不敢相信，就是这样一个小国，却有着令人震撼的旷世财富——全世界最美的珍珠只有在这里才能找到——在宾加里的岸边，只要你弯下腰，随随便便就能捡到一大把珍珠——颗颗都是那么精美无瑕，而且硕大无朋，最小也得比弹珠大一圈呢。

每天早晨，勤劳的百姓们把藏在海底的牡蛎剜出来，再从蚌壳里取出珍珠，挑出最美丽、最珍贵的乳白色珍珠，再将它们献给国王。

而国王收集了足够的珍珠便会派船去林基廷克国，跟他们做交易。到了一年一度交易珍珠的日子，国王便会派遣六艘船只，每艘船配十个摇桨

① 英美制长度单位。1 英里约为 1.6 公里。

人，将大袋大袋的珍珠运往吉尔加德——林基廷克国的首府。而林基廷克国的皇室财政大臣届时也会抵达港口，验货，并收购宾加里的珍珠。然后宾加里的商船再购进一批高档货物以及百姓和皇室成员需要的日用品、食品等满载而归。

由于林基廷克国的宫殿位于岩石错落的海角之地，高耸的王宫塔楼非常醒目，犹如一座灯塔，为海上的船只指引方向，因此宾加里的大船根本不必担心会迷路。

常年以来，除了最近的林基廷克国以外，宾加里国从不和其他邻国有任何往来，也从来都没有到别的国家去过，因此也很少有人听闻过这个富饶的国度。

宾加里国的黎民百姓在国王的庇佑下日复一日过着平静安逸的生活，他们根本不了解外面的世界，也不想去了解。他们的邻国还有西南面的岛国弗利克斯，不过那儿的人们不喜欢珍珠，所以两国之间没有贸易往来；再往北经过六天的航程，便是两个毗邻的小岛——里格斯国和克里格斯国，据说这里的人们个个野心勃勃，充满了侵略性。

宾加里的国民个个既善良又温顺，从来不会为任何事情发生争吵，更不知道世事的险恶。但是他们的邻居——里格斯和克里格斯一直在虎视眈眈地觊觎着嘴边的这块“大肥肉”。

曾经有一次，两个国家派出了十几艘大船，满载着气势汹汹、全副武装的士兵偷袭了宾加里。他们强行在小岛北岸登陆，强取豪夺，恃强凌弱，肆意掠夺岛上的宝物。

不过令人意想不到的是，手无寸铁的宾加里百姓们仅仅靠着手中挖牡蛎的钉耙硬是击退了敌人的精兵强将，把他们赶回了海上，成功保卫了国家的安宁。更神奇的是，紧跟着，原本风和日丽的天气猛然间阴沉起来，刮起了狂风，下起了暴雨，敌人的所有船只都被打翻了，那群凶恶的强盗们全部葬身海底，没有一个活着回去——说起来这简直是一个奇迹。

这场漂亮战役的见证者——吉蒂卡特国王——当时还是个小孩子呢，而如今他已经是个头发花白的老人了。不过当初的情景他还历历在目——

敌人的吼叫仿佛还在耳边，流血的场面不止一次出现在他的梦中，令他心惊肉跳。

老国王时刻担心着敌人哪天会卷土重来。他的担心不无道理，依照那些坏蛋们贪婪、好战的个性，他们是绝对不会善罢甘休的，这些年他们肯定一直在蓄积能量，伺机准备再度侵略，一雪前耻。若是真有那么一天，恐怕同样的奇迹很难再发生一次，到时候宾加里的百姓们可就要遭殃了。

吉蒂卡特国王每天都保持着高度的警惕性，以防敌人再度来袭。没事的时候，他总是喜欢一个人站在宫殿的最高处，仰望着远处的大海，看到任何一艘陌生的船只朝着王国开过来的时候，他都会感到非常紧张。

为了安全起见，他加派人手，不分昼夜地在海滩巡逻，小心监视来路不明的船只，沿岸一有异动必定速速报告。不过由于国王的贤明，宾加里的百姓们丝毫没有感觉到这种恐慌和紧张的气氛，他们个个安居乐业，过着无忧无虑的日子。

在国王的仁心统治之下，宾加里的财富与日俱增，人民的生活蒸蒸日上，幸福美满。在这片紫红色的海域中，这个乏人问津的小岛是那样的绮丽而富饶，舒适而祥和，恐怕都能和远方的奥兹国相媲美了。

如果这样的平静能够一直保持下去，或许也就没有我们下面的故事了。

吉蒂卡特国王备受人民的爱戴，他有个善良而美丽的妻子——嘉莉王后，和聪明乖巧的独生子——小王子英加，一家三口和和美美。

作为宾加里国王王位和财富的唯一继承人，小王子英加从小在奢华的环境中成长，却丝毫没有沾染上王公贵族公子哥儿特有的那种不讨人喜欢的气质，他并不懒惰，更没有高高在上，不可一世。相反，他是个热爱思考、热爱劳动的小伙子，全国上上下下的人也都像喜欢国王、王后一样喜欢这个未来的统治者。

和同龄人相比英加显得有些少年老成，他的头脑时刻都在运转、思考，表情严肃得有点像个大人。别看他年纪不大，不过全国最好的牡蛎藏在哪里，哪里能找到最好的珍珠，他一清二楚，单凭这一点，岛上的大人们都不如他。

他经常驾着自己的小船，拿着钉耙出海去挖牡蛎，挖到的珍珠洁白无瑕，粒粒滚圆饱满，而且个头大。每当小王子亲手把自己找到的宝贝交给父王，看着父王赞许的眼神，他心里别提多自豪啦。

不过宾加里国有一个不好的地方就是没有学校，也没有老师，更没有人想要学习。因为那里的百姓不够文明开化，大家都认为学习知识还不如那些珍珠有用——毕竟，只要掌握了取珍珠的本领，他们就衣食无忧了。

全国上下只有国王是个例外，他头脑聪明，觉得掌握知识还是非常有用的。他珍藏着为数不多的几册羊皮卷，上面写满了我们看不懂的古怪符号——那是宾加里的文字。国王一有时间，就教英加学习算术和读写。

英加王子并不讨厌读书，一到学习的时间，他就爬到静谧凉爽的树顶，安静地坐在枝叶下，认真地研究书中密密麻麻的文字，沉浸在知识的海洋中，任谁也无法打扰。

国王很宠爱自己的独生子，也非常为他感到自豪。英加也没有辜负父王的期待，他很小就表现出了出众的思维能力和判断力。国王便把治理国家的方法、做人处事的道理都教给了英加，教导他怎样才会受到国民的尊敬——他知道，英加迟早会代替自己成为统治者，他也相信，这个孩子一定会成为比他还要出色的国王，将国家治理得更好。

有一天，老国王把英加叫到身边，严肃地对他说："我的儿子，别看现在我们的国家欣欣向荣，可是作为统治者，你要学会居安思危。我到现在都忘不了，曾经那场残忍的侵略，我怀疑里格斯和克里格斯的那帮家伙迟早还会再次来犯，而且上次他们没有得逞，这次一定会增加兵力，大动干戈。如果真有那么一天，我们可就大祸临头了。我们恐怕根本不是他们的对手。"

"为什么我们过去能轻松击败他们，现在却不行呢？"王子问，"我们现在的兵力为什么会比祖父那个时代弱那么多？"

国王叹了口气，说："我们的国民在安逸的环境里生活得太久了，早已失去跟敌人对抗的勇气和力量了。不过最关键的是，我不想打仗，不希望看到生灵涂炭。"

国王看了看一脸严肃的小王子，接着说："我亲爱的孩子，我说这些只是希望你了解战争的恐怖，提高警惕性。接下来要说的事情才是重点。"国王放低了声音，"那场战争我们没有伤到一兵一卒，我打算把整个事情的经过原原本本地告诉你——这是一个秘密，只有王位继承人才能知道的秘密，你记住，这是关系到国家和百姓命运的机密，绝对不可以告诉第二个人！跟我来，我带你去个地方。"

说着，他带王子穿过了长长的走廊，来到了宴会厅，现在这里没有一个士兵和仆人，而且没有亮灯，显得格外幽暗而静谧。国王小心地打量着四周，确定没有人，才弯下身按下了一块暗设玄机的地砖。随着一阵轻微的闷响，只见那块砖缓缓下沉，一个暗格出现了！国王伸手从里面取出了一个丝质的小锦囊。

"我们的国家里有三个护符，它们有着奇异的能量，一直以来都保佑着我们的王国和国民。过去它们一直在我手上，我万分谨慎地保管着它们。最近我总有种不祥的预感，担心自己会有什么意外，所以要提前把这个秘密传给你。"国王严肃地说着，打开袋子，将里面的东西小心翼翼地倒在手掌上。

原来是三颗珍珠！巨大的珍珠，每一颗都大得像块鹅卵石。它们闪烁着晶莹的光芒，一看就非同寻常。浅蓝的那颗如同清澈的海水，粉红的那颗宛如娇艳的玫瑰，纯白的那颗比钻石还要闪亮。

"这就是我们国家最宝贵的东西！"国王继续说，"看到这些珍珠了吗？可不要小看了，它们跟凡间的珍珠可不一样，这是美人鱼王后送给我们祖先的谢礼，报答他的救命之恩。这三颗珍珠都有着惊人的威力，它们的魔法各有不同，蓝色的，会让你变得力大无穷；粉色的，会给你带来好运气，让你化险为夷；而白色的那颗，它会说话，而且有着高于人类的智慧，你有无法解决的难题就可以向它寻求帮助。"

"父王，这是真的吗？珍珠怎么可能说话！"王子忍不住惊叫了起来，"我实在无法相信！"

"我的儿子，你见过的东西还太少，所以不相信也是正常的。"国王手

里拿着珍珠，非常认真地说，“不过我怎么会骗你呢。”

国王说着把白色珍珠拿到了英加耳边，一个细小而清晰的声音突然传来：“这个世界充满了奇迹，你永远都不知道下一刻会发生什么。”

王子被吓了一跳，过了片刻，才回过神来，明白父亲说的果真不假。“抱歉，父王，我不该怀疑您所说的话。我确实听到它讲话了，而且真的非常有智慧。”

“那两颗珍珠的法力更大，不过今天就不给你验证了。就算失去了一切，只要有这些珍珠，就什么都不用怕了。因为这是最厉害的武器。”国王说。

“是的，父王，我相信。”英加王子充满敬畏地注视着那些珍珠继续说，“那么父王，既然我们有这么厉害的珍珠，干吗还要担心那些侵略者呢？难道他们也有魔法吗？”

国王慈爱地看着小王子，说：“珍珠不可能随时帮助我们，只有把它们带在身上的时候，魔法才会奏效，可它们太珍贵了，我不能成天带着他们，如果有一天丢了该怎么办？现在天下太平，所以我只能将它们放在这个安全的地方藏起来。当年的战争能够取胜就是珍珠的功劳，我父亲依靠粉红色珍珠的保护毫发无伤，而凭借蓝色珍珠获得了以一敌百的力量。而且我猜测，暴风雨也是人鱼族的帮助。不然，凭借我们的力量怎么可能让那些凶悍的敌人消失呢？”

“原来是这样！我以前也担心过战争的问题。毕竟，我们这里很富裕，总有不怀好意的人会盯着我们的财富的。”王子说，“不过现在知道有这三个宝贝，以后我就放心了。”

老国王说：“我现在最担心的就是，万一我们巡逻的人员没有及时发现敌军的到来；万一我没能及时来到这里拿回珍珠就被他们逮住了……那样我们就没有任何反抗能力了。如果不幸的事情真的发生了，这样强大的法力千万不能落到坏人手里！所以我提前把他们交给你保管，你一定要发誓好好保护它们！要知道，这是我们宾加里皇室的传家宝，更是我们保卫家园的唯一武器。我的儿子啊！你要牢牢记住这个地方，要是我离开了你，你千万要把它们拿回来啊！”

英加王子郑重其事地点了点头。

国王叮嘱完，算是放下了一颗心。于是，又把那些有魔力的珍珠放回了原来的暗格里，然后关上了机关，离开了。

英加回到房间，心里久久不能平静。他仔细想着今天发生的不可思议的事情，想着国王对他说的那些话，想着那三颗神奇的珍珠。他不禁开始担心：魔法的力量真的能够永远庇护这片土地吗？战争真的会再次降临吗？

第二章

林基廷克国王

日复一日，宾加里小岛上风平浪静。一天，照例在露台上眺望海边的吉蒂卡特国王注意到远处南方的海面上有一艘来路不明的船，正朝着他们的王国驶来。他心里一惊，本能反应就是赶快去拿珍珠。但听来报的巡逻士兵说只有一艘小船，便改变了主意。他暗自掂量了一番——无论对方是敌是友，毕竟只有一艘船，势单力薄，就算真是来挑衅的，他们的岛民人多势众，没有神力的保护也不可能会输。所以他决定先到海边去看看到底是怎么回事。

宾加里的国民早就站在

海滩上翘首围观了，他们这一代人还从未见过陌生的船只，因此，都充满了好奇，看着那艘船越来越大，越来越近。英加王子也站在岸边，他想起父王不久前叮嘱他的话，不禁有点担心——战争真的要来临了吗?

轮船快要靠岸了，所有人都看清了，这是一艘非常华丽的轮船，银白色的船身上面镶嵌着数不清的金子和钻石，船篷是用光滑的紫色绸缎做的，上面还绣着金丝，在阳光下分外夺目。船的两侧各有十名健壮的船员在划桨。

英加踮起脚尖使劲儿张望，他看到轮船后面有一把气派的高背太师椅，上面坐着个圆滚滚胖墩墩的男人。他身披紫金色的丝绸斗篷，头戴一顶小巧的白丝绒礼帽，上面还镶嵌着一圈宝石，以及用金丝线绣的花纹。一看就知道不是普通人。在船首两侧，高高地堆着好几只檀木箱子和一个造型古怪的笼子。

不一会儿，轮船已经缓缓停到了岸边，那个胖子站起身走到船头，摘下帽子兴奋地朝岸上的人们挥舞，还频频地鞠躬敬礼。他的脸颊红通通的，看上去好像饱满的苹果，脸上洋溢着阳光般灿烂的笑容，大家注意到他的身高和腰围差不多，像极了一个皮球，非常具有喜感。

这时，轮船猛地一下搁浅了，矮墩墩的小胖子猝不及防，身子一颤，差点儿摔在地上，还好他眼疾手快，一只手扯住了身边船员的头发，另一只手抓住了船栏杆，才算是站住了脚。然后，他扯着洪亮的嗓门边笑边说:“哈哈哈——太好了！我终于来到这里啦！”

“欢迎您，远道而来的陌生人。”吉蒂卡特国王礼貌地朝他行了个屈身礼，同时忍不住上下打量着他。

胖子饶有兴致地朝四周环顾了一番，看到大家都是一副不苟言笑的样子，他忍不住扑哧一声笑了出来。他那洪亮爽朗的笑声充满了欢愉，听起来极富感染力，虽然大家都不知道他为什么而笑，但看见他如此高兴，也忍不住跟着笑了起来。

“喔唷——哈哈——嚯嗬嗬——”他笑得眼泪都快流出来了，然后气喘吁吁地说，“看到我一定很吃惊吧？我的朋友们！你们一定想不到我会来！

谁也想不到我会来！嘻嘻——但我还是来了！哈哈——多么意外啊！真是太有意思啦！”

“闭嘴，你这个话痨。”突然一个低沉的声音怒斥道。

现场的人顿时安静了下来，大家都非常诧异地四处张望，寻找着声音的来源，可什么都没有找到。轮船上的船员们个个都面无表情，那个胖子却也不以为意，仍然是一副嬉皮笑脸的模样。

吉蒂卡特国王庄重而恭敬地说：“欢迎来到宾加里，远方的朋友。我是这里的国王吉蒂卡特，还没有请教尊姓大名。”

“哦，谢谢。”胖子大摇大摆地晃动着滚圆的身子，从船上走了下来，自我介绍道，“我是从吉尔加德来的，我是林基廷克国王，我早就想到你们这儿来了，你们常年给我们供应珍珠，那是我见过最漂亮的东西！所以我决定亲自来这里向你们表达谢意！”说着，他懒洋洋地打了个哈欠，“不过路途真是遥远啊！我在船上待了好几天，都要憋坏了！”

“陛下大驾光临，真是敝国的荣幸！我们都非常欢迎您！”吉蒂卡特国王悬着的一颗心彻底放下了，他转忧为喜，开心地笑了，“可你明明是个国王，怎么只带了这么一点人手呢？路途遥遥，没有士兵的保驾护航，你就不担心会出什么意外吗？”

“嗬嗬，你说得没错，不过我也是迫于无奈。”林基廷克国王故作神秘地说，“告诉你个秘密，我是偷偷跑出来的，因为我的大臣们总是阻止我来这里，他们希望我永远待在王宫里，可是那太无聊了，我太需要自由啦！”

“你是说……偷跑？”吉蒂卡特国王叫了起来，他觉得这对于帝王来说真是有点有失体统。

“哎——嘻嘻——听上去很有趣，对不对？贵为一国之主，竟然没有自由，还得偷偷跑出来？嘻嘻嘻——”他的笑声里充满了窃喜和得意之情，听起来别提多滑稽了，“喔哈哈哈哈——一个国王偷偷离开了他的大臣和百姓——呦呵呵呵——我也是不得已的啊——”

“究竟是怎么回事儿？“吉蒂卡特国王纳闷地看着愉快的胖国王，试探地问道。

“都得怪我那些大臣们，他们总担心我在外面会惹出什么大麻烦来。所以不让我出来。呦呵呵呵——太可笑了是不是？我又不是三岁小孩子，怎么会惹麻烦，哈哈哈，这些愚蠢的大臣，竟然怀疑自己的国王，嘻嘻——哈哈——”

“放心吧，在我们的岛上你很安全，不必担心会惹上什么事端的。”吉蒂卡特尽量克制自己的笑意，继续彬彬有礼地对林基廷克国王保证道，“我们的公民都很友善，我们会很好地招待你，保证让你过得像在自己王宫里一样舒适自在。你在这里想住多久都行，要回去的时候，我也会借给你士兵。”

“真是太好了！万分感激！”胖国王说着又举着帽子鞠了个躬，热情地抓着吉蒂卡特国王的手握了握。

“那就请随我到宫殿去吧。”吉蒂卡特国王说。

“乐意之至。”林基廷克国王笑呵呵地说，然后又补充道，“我真是太开心了！你要是有足够的食物让我吃，我就更高兴了！嘻嘻——看见船上的那些箱子了吗？里面装的都是我给你带的见面礼，叫些人搬下来吧！”

“非常感谢您的慷慨和好意。”国王兴高采烈地命人去搬走箱子。岸上的百姓们到船上七手八脚地忙了起来。

“帮忙把笼子也抬下来，我的山羊在里面。”林基廷克叫道。

“山羊？”吉蒂卡特国王困惑地问道。

“对啊！他是我亲爱的伙伴，比尔比尔！他是我的坐骑，走到哪里我都离不开他。你也看到我是个小胖墩儿，最讨厌的事情就是走路，走上一点路都会累得流汗——小胖墩儿——喔嗬嗬——”

几个侍从抬着那个装山羊的笼子，正往船下走，忽然又听到了刚才那个低沉而愤怒的声音——“蠢货！都给我小心点，动作别那么粗鲁！”听声音分明就是从笼子里传出来的，似乎是山羊在讲话。侍从们哪里见过会讲话的牲口，冷不丁被吓得松开了手，笼子重重地摔在了地上。

“哦！你们这群笨手笨脚的废物！没听到我说话吗？我叫你们小心！”那个声音更愤怒了，“我腿上被你们蹭掉了一块皮！”大家看清了，果然是那只山羊在讲话。

“比尔比尔，我的小乖乖，消消气，别跟他们计较了。”林基廷克赶忙安抚他，“他们都是好人！我们在人家的国家做客，你就多担待一点吧。”

林基廷克说完，扭头看着一脸惊诧的吉蒂卡特国王，不无得意地说：“我猜你们肯定没见过一头会讲话的山羊吧？”

“我们的岛上从来就没有山羊啊。”国王说，“而且我们这里的动物都不会说话。”

“哎，要是比尔比尔也不会说话就好了。”林基廷克调皮地笑了，他看着笼子里的比尔比尔说，“说实话，他的脾气很糟，总爱说些不中听的话。当初我还觉得有头会说话的山羊是个乐子，至少巡视的时候有个伴能陪我聊天。谁知道他从不当我是国王，在人前也从不给我留面子，总骂我是个笨蛋，不知底细的人听了，还以为我是个打扫烟囱的下人呢。——嘻嘻，国王被当成了扫烟囱的人——哈哈哈，真是个有趣的笑话——”他一边嘻嘻哈哈地说，一边朝着英加王子挤了挤眼睛，还轻轻捏了捏小家伙的下巴。小王子一下子有些窘了，红着脸不知该怎么办。不过他打心眼儿里喜欢这个开心的胖墩儿国王。

“你干吗不弄匹马来骑呢？”吉蒂卡特国王问。

“那可不行，马太高了，你看我可是个小胖墩儿——嗬嗬嗬——又矮又胖——怎么爬上马？”林基廷克又被自己的话逗得捧腹大笑了起来，笑够了，他就拿出一块丝质手绢揩了揩眼角的泪花，接着说，“这个世界上没有比比尔比尔更适合我的动物了！我这身材，对于山羊来说，也是再好不过了。”

这时，比尔比尔已经从笼子里走出来了，这是一头瘦骨嶙峋的老山羊，长长的须子几乎垂到了地上。一个船员拿来了柔软的刺绣红鞍垫，小心地放在了山羊的背上，林基廷克没有丝毫耽搁，便骑了上去，快活地喊道：“让我们出发吧！”

“你说走上那座山！别说笑了！”比尔比尔怒吼，“快点下来！我背着你可走不动！”

“别这样呀，老伙计，我胖成这样自己怎么上得去？”林基廷克可怜巴巴地说。

“你没有脚吗！”比尔比尔继续吼道，“那么高的山，让我去爬，还要驮着你，你想累死我吗？我可不干。”

“我这么胖走路都气喘，怎么能爬上那么高的山呢？”林基廷克连哄带劝地说，“比尔比尔，你想想，要不是我冒着风险带你出来，你哪有机会来到这么美丽的地方呢？我知道你不会游泳，好心好意让人用笼子把你抬上了船，我带你出来，就是让你驮着我，现在你怎么能弃我于不顾呢？怎么说你也是我的坐骑，你也要讲讲道理的吧？比尔比尔——”

“行了，别唠叨了！我驮你就是了！”比尔比尔不耐烦地说，“你喋喋不休地说得我头都要炸了。”

宾加里国王、小王子和搬运礼品的侍从们包括在场的百姓听到牲口和国王斗嘴，都非常惊讶，不过出于礼节他们保持着沉默。

就这样，比尔比尔驮着胖国王，跟在吉蒂卡特国王身后，翻过小山，穿越街道，朝王宫走去。说来也怪，瘦弱的山羊一路上背着胖墩墩的国王竟然也毫不吃力。英加王子跟在他们后面，一直在不停地打量着这对滑稽的主仆。

他们来到宫殿跟前时，嘉莉王后已经率领宫女们在门口迎接了。他们早就收到了贵客来访的消息。林基廷克骑在山羊背上，喜笑颜开地和大家打着招呼，然后来到了宫殿之中。王宫贵族和众臣们都已经在大殿上恭候多时了。胖国王命人打开了礼品箱，里面珠光宝气，装着琳琅满目的贵重物品，有金银首饰、摆件、高档的绫罗绸缎等。在场的大臣们每人都分得了一样体面的礼物。嘉莉王后很喜欢新得到的几件漂亮首饰，而小王子也得到了好几样宝贝——剩下的财宝都被收入了国库。王宫里一时间欢声笑语，大家都对这位出手阔绰的胖国王赞赏有加。

紧接着，吉蒂卡特国王尽地主之谊，大摆酒席，设宴款待慷慨的邻国国王。他们还专门为比尔比尔设了位置，不过这个牲口丝毫不领情，他宁愿跑去外面找新鲜的嫩草吃。林基廷克说：“大家不用管他，他一个人自在

惯了，一向都是这么孤僻。”

整个晚上，英加王子都很亢奋，连吃饭的心思都没有了。这还是他有生以来头一回见到外国人呢。他坐在餐桌的一角，捧着林基廷克送的礼物爱不释手。他的眼睛一会儿盯着那些礼物，一会儿又看看胖国王那乐不可支的样子，忙得不亦乐乎。胖国王的嘴巴也是忙得停不下来，不是在嚼东西，就是在讲话，要不就是嘻嘻哈哈笑个不停，一个人就热闹得像一台话剧，举手投足都让人忍俊不禁。

“路途真是太遥远了！我在船里足足憋了四天！一路上除了看大海就只能和比尔比尔斗嘴来打发时间，你们不知道看到陆地我有多开心！能看到你们真是太好了！”林基廷克边吃边说。

“这是我们的荣幸！”吉蒂卡特国王忙起身行了个屈身礼回答，“非常高兴您能来我们这里”。

“老兄，别这么客气。说实话，你们这里真是个风水宝地，我真羡慕你呢。多亏了你们的珍珠，我的国家才发财了，要不然我们会一直过着贫穷的日子。一直以来我都想来这里跟您当面道谢呢。可我的国民却和我的想法不一样，他们希望我能安分一点，觉得这个出行的理由不够充分。”

“恕我直言，陛下就这样离开，不觉得有什么不妥当吗？毕竟你是国王，这样一走了之，你的国家和子民们该如何是好呢？”吉蒂卡特国王问。

“嘿，我想这没什么。”林基廷克说着脸上又泛起了笑意，“实不相瞒，我的一个聪明的大臣给我写了一个羊皮卷，叫作《劝善篇》。这个书真不简单，里面全是些金玉良言，教人如何当好一个国王，所以我没事就拿出来读一读。不过，这些为人行善之事我可真做不来，前几天，我就因为听说我们的大法官没刷牙就吃早饭而狠狠训斥了他，事后我非常愧疚，索性把自己锁在房间里闭门思过，拿出羊皮卷来细细阅读。我下令没有我的允许，任何人都不许擅自入内，违者必要杀头，我的那些个大臣们虽然不怕我，但国王的法令还是怕的，所以他们一个个都吓得缩手缩脚。而我就趁这工夫带着羊皮卷溜出了宫，叫了几个水手偷偷乘船出海了。我的那些傻大臣们，现在还以为我在学习羊皮卷呢，嘻嘻——他们哪里会想到他们的国王已经来到你们这个可爱的地方了，——喔嗬嗬嗬——真是太好玩了——等他们知道了真相，整个吉尔加德都要乱成一锅粥不可——呦嗬嗬嗬——”胖国王说着又笑得满面通红了。

“陛下，那个《劝善篇》能让我看看吗？”英加问道，“我想，那上面如果真的都是至理箴言，那会比珍珠还要宝贵呢。”

“这是当然，嘻嘻——不是我夸口，这书里的话真是字字珠玑啊！”说着，胖国王从贴身口袋里拿出了一卷包着绸布的羊皮卷，他小心翼翼地将它展开，然后抑扬顿挫地读了起来，“‘如果想当好人就永远不要为非作歹！’你们听听！这真是真理啊！如果做了坏事还怎么当好人呢？我可要好好读这些小字，真是太有智慧了！嘻嘻——我回去得重赏写这个的大臣！——唷嗬嗬嗬——”林基廷克来了兴致，靠在椅背上放声大笑起来，这次竟然笑得呛到了，然后又打了一连串的喷嚏。看着他在那里挤眉弄眼地耍宝，满堂人都跟着笑了起来，连端庄矜持的王后都忍不住用扇子遮着嘴偷笑。

胖国王欢天喜地地笑了很久，总算是停了下来，他上气不接下气地拿出手绢来擦眼泪。一旁的英加王子认真地看着他说：“羊皮卷上说得没错。”

“对吧，我就说吧。”林基廷克得意地说，“我一直劝比尔比尔也能看看那些建议，改改他的坏脾气。你看这句，简直就是一针见血：‘讲话要和颜悦色，不可出口伤人。’啧啧，多么有道理啊——这儿有一条适合你的，我的小王子：‘乖孩子很少受惩罚，因为他们都是天使。’这句话讲得多么深刻啊，不是吗？还有下面这句是我最喜欢的：‘你只知道行恶很开心，但别人知道行善更开心。’嘻——就是这样，啧啧——更开心——能悟出这一点的人多崇高啊！”

林基廷克说了老半天，似乎又觉得饿了，便停止了诵读，收起羊皮卷，抓起刀叉继续大吃特吃起来。

第三章

敌人来犯

林基廷克在宾加里小岛上一连住了好几个星期，这里气候宜人，舒适安逸，顿顿都是丰盛的美味佳肴，令贪玩的胖国王宾至如归。而且吉蒂卡特国王对这位客人也非常友好而热情，每天一有时间就陪他聊天、下棋。他完全乐不思蜀了。

不过每晚睡前，林基廷克还不忘拿出羊皮卷来读读上面的金玉良言，他说："这是我的功课，等我回去大臣们一定会问我这些天在干什么，我总不能什么都不做吧？所以还是等我把这些高深的道理领悟透彻了再回去吧！"

那二十个林基廷克带来的船员把船开到了小岛的南部，和那里的采珠人住在一起，他们似乎并不在乎国王什么时候回去，也一点儿催促之意都没有。而那只神奇的会说话的山羊早就被忘到了一边。他倒是也乐得清闲，每天无拘无束地在森林中悠闲地散步，啃啃可口的青草，偶尔也会去城中溜达一圈。宾加里的百姓们起初对这只山羊都充满了好奇，想要跟他搭讪，不过很快便发现它的脾气很差，很不友好，讲话又刻薄，所以也都对他敬而远之了。不过这牲口反而很享受这种形单影只的生活。

一天，小王子英加来到宫外，正好看到了无所事事的比尔比尔，他也对这神奇的山羊很感兴趣，便忍不住走上去打招呼:“你好，比尔比尔。真是个好天气啊！”

“好什么好？哪里好了？”这牲口阴阳怪气地回答，“看看这乌云密布的，恐怕快要下雨了！”

“你在这里住得还愉快吗？”英加没有在意比尔比尔的无礼，继续和颜悦色地跟他说话。

“愉快？一点儿也不！你以为我和那个没头脑的林基廷克一样吗？”山羊没好气地说，“请你走开点，你打扰我散步了，我只想一个人安静地待一会儿！”

英加王子讨了个没趣，悻悻地转身走开了。从这以后，他就放弃了和比尔比尔做朋友的想法。

由于父亲每天都在陪伴贵客，不敢怠慢，所以这段时间便没人教英加读书学习了。英加只能一个人玩耍，但他也没有懈怠，而是找来了父王那些羊皮卷，每天都爬到树上，坐在枝丫构成的天然椅子上看得入神，并认真思考着书中的含义，往往一看就是几个小时。

英加酷爱学习，他从小便和别的孩子不太一样，显得稳重成熟许多。这一方面有天性的原因，一方面是因为他王子的身份——他不能和其他孩子在一起玩耍，只能每天待在宫殿里，小小年纪就耳濡目染了皇室贵族的繁文缛节、奢华气派，失去了孩童本该拥有的嬉戏欢闹和淘气、活泼的天性——因此他和同龄人比起来要懂事许多，但也更加严肃，很难开心起来。

年幼的英加深知自己作为唯一的继承人肩负着国家的未来，为了不让父亲失望，他一直在努力做好一些和年龄不相称的事情。

这天早上，英加正坐在树上看书，看着看着，光线猛地暗了下来——从北方远处的海面上忽然飘来了一阵浓重的雾气，忽地遮住了天空，大地顿时被笼罩在一片昏暗之中，以至于连书上的字都无法看清了。这样的天气令人昏昏欲睡，英加干脆合上书，靠在树枝上打起了瞌睡。

浓雾持续了一个上午都没有散开，在宫殿里和林基廷克聊天的吉蒂卡特国王发现屋里昏暗得几乎看不清对方的面孔了，所以不得不找来仆人，要他们点亮蜡烛。王后本来是带着身边的宫女在做女红，窗外的阴霾遮住了阳光，她们只好放下手中的活计，点起蜡烛聊起了天，议论着最近发生的趣事。

这场大雾一直持续到了下午，猛地吹来了一阵大风，雾气被驱散了，耀眼的日头顿时跳了出来，明媚的阳光洒满了整片土地。

“外面的天气多好啊！”吉蒂卡特国王吹灭蜡烛，走到窗边。他脸上刚刚露出的笑容顿时僵住了——只见海滩上黑压压一片挤满了手持武器身穿铠甲的士兵，极其恐怖的呐喊声夹杂着百姓们惊恐的哀号响彻小岛。他完全被突如其来的状况吓呆了，有那么几秒钟脑子里空白一片。

接着，他大步流星地冲到宫外想去看个究竟。宫里的人们听到令人心惊肉跳的动静也都纷纷挤出了宫门。林基廷克也感觉到似乎发生了什么不好的事情，跟在他们后面跑了出去。

北面的海滩上停泊着数十艘大船，上面满载着全副武装的士兵，他们已经陆续登陆了，海面上还有数不清的船只载着密密麻麻的士兵向岸边驶来，它们的速度非常快。岸上的士兵们个个面目狰狞，气势汹汹，他们挥舞着手中的武器，嘶吼着，像黑色的潮水般朝王宫逼近。

吉蒂卡特国王面色苍白，他知道最担心的事情还是发生了——是他们！里格斯的敌人再次来侵犯他们了！他们这次兴师动众，肯定是蓄谋已久，而且还借大雾发动偷袭，现在，他们的人马离王宫只有几步之遥，几乎没有什么能抵挡这些凶恶敌人的进攻了。

国王匆忙转身往宫殿里跑——现在只能靠三颗珍珠的法力才能力挽狂澜了。然而他的一举一动都被正往王宫里冲的敌军头领看到了，他飞奔着追赶吉蒂卡特国王。就在国王来到暗格那里，刚弯下腰准备按动地砖的时候，那个士兵头领一个飞扑便把国王推倒在地。国王的头撞到柱子晕了过去，等他醒来时，发现自己已经被五花大绑抬出了宫殿。

宾加里的国王就这样稀里糊涂地成了俘虏，而那些平日老实驯良的百姓们面对可怕的敌人更是毫无招架之力，他们唯一的武器就是挖牡蛎的钉耙，而敌人手里可是锋利的长矛、刺刀。里格斯的侵略者人多势众，不出半个时辰，他们就占领了整个小岛，把包括王后、宫女在内，整个宾加里国的国民都变成了可怜的俘虏——他们身上捆着绳子，被敌人粗暴地扔到船上，仿佛他们是没有生命的货物。

这是多么可怕的事情啊！原本温馨祥和的小岛顷刻之间变得哀鸿遍野，满目疮痍。里格斯那些野蛮的强盗们掳走了所有的居民，洗劫了岛上每一家每一户的钱财，连装饰品、窗帘和食物都不放过，拿不走的就被他们砸毁了，就连房屋都被他们拆掉、焚烧了。

宾加里的国民们在船上迷茫而悲伤地哭泣着，不知道等待他们的将是怎样残酷的命运。

吉蒂卡特国王还比较冷静，他在被俘的人群中仔细搜索着，并没有发现英加的身影，于是他稍稍放宽了心，他默默地祈祷自己的儿子可以逃过这一劫，只要不落入这些残暴的仇人手里，就有活下去的希望。不过令他纳闷的是林基廷克也并不在船上。

近百条大船上的士兵都已经上岸了，小岛上的每一寸土地上都被他们搜刮了一遍。他们大笑着闯进豪华的宫殿，将里面弄得乱七八糟，将华丽的珠宝首饰，珍贵的摆设，考究的家具装饰，高档的窗帘、服饰全都搬到了他们的船上。

住在小岛南面的采珠民们是最晚知道敌人入侵的，他们本想乘船逃离，谁知那些士兵们也划着船赶上了他们，将他们一一抓获了——连人带船都成了强盗们的战利品，林基廷克带来的那二十名水手也没能幸免。

过了大约两个钟头，领头的军官看似乎已经再没有什么值钱的东西了，便问道：“所有的人都抓到了吗？一条漏网之鱼都不许有！”

“都抓到了！已经搜了两遍了。”士兵们嬉笑着大声回答道。

“很好！那就开始动手把这里所有的建筑都毁掉！”军官命令道。

话说这天下午，英加刚被刺眼的阳光唤醒，便听到了一些可怕的嘈杂声，有呐喊、号角声，还有金属兵器碰撞发出的铿锵声也很快传进了耳朵。英加本打算爬到树下看个究竟，可他从树枝的缝隙中发现大量的士兵冲上了海滩，见到百姓就抓，于是决定待在树上观察，他干脆继续向树上最高的方向爬去。

英加心中充满了恐惧，他明白——战争爆发了。可怜的小王子非常焦急，他是第一次遇到这样的事，不知道该怎么应付，他坐在树上，浑身发抖，为了不让自己掉下去，他用皮带把自己绑在了一根粗树枝上。

英加惊恐地看着眼前的可怕景象，他看到自己的父王被绑起来丢到了船上，心里一下子就凉了半截，他知道父王一定没有拿到珍珠，所以这回想要反败为胜看来是没希望了。然后他又看到了母亲成为俘虏，在船上心碎地哭泣，他心里难过极了，但是动也不敢动，因为他还是个孩子，没有足够的力量去反抗面前的敌人，如果这个时候从树上跳下来，无疑是自投罗网。

里格斯的士兵们洗劫完毕，将民居纷纷推倒、焚毁后，便来到王宫集合了——这些恶毒的家伙在临走前一定要摧毁整座小岛，叫它片瓦无存才肯罢休。

他们找来几条结实的粗麻绳，将绳子绕在城堡塔楼上，然后几千个士兵排成两队，用力拉扯。不一会儿，只听轰隆一声，昔日辉煌的宫殿应声倒塌，变成了一片残垣断壁。

野蛮的士兵们见目的达到了，此番进攻如此轻易地大获全胜，都肆无忌惮地欢呼起来。而可怜的小王子目睹着自己的家园变成了废墟，不由得悲伤地轻声哭泣起来。夜幕降临，侵略者们在岛上大肆庆祝了一番，举杯畅饮，庆贺胜利，发出了野兽般的笑声，一直闹到了很晚。

第二天早上，士兵便满载着战利品回去向主子邀功请赏去了——那凶残无道的戈斯国王和阴险狡诈的科尔女王终于得逞了。他们的船上装满了金银珠宝、绫罗绸缎，还有各种制作精良的器具、用品——宾加里的所有值钱的东西都被带走了，就连国民也被他们拉去做奴隶了。一夜之间，原本物阜民丰的岛国化为乌有，成了一座荒无人烟的空岛。

第四章

荒　岛

可怜的小王子英加躲在树上度过了灾难性的一夜，他无助地看着那些残暴的士兵带走了他们国家的财富，带走了自己的父母、同胞。看着他们的船渐渐远去，他忍不住失声大哭起来，不过为了确保万无一失，他一直等到最后一艘船消失在海平面才从树上爬下来。落地的那一刻，他觉得自己两眼发黑，差点昏过去。

如今，小家伙失去了亲人和家园，精神上饱受摧残。他感到疲倦极了，肚子也咕咕叫了起来，甚至连走路的力气都没有了，他这才想起来自己已经整整一天没有吃过一口东西了。

宾加里国的天气仍然十分晴朗，温暖的阳光洒在广阔的大地上，小鸟还如往日一样无忧无虑地欢声歌唱，仿佛什么都没有发生过，这里还是那个充满生机、欣欣向荣的国家。

突如其来的孤独感令英加惶恐不安。他猜想这个岛上八成只有他一个人了，他不知道在今后的日子里孤苦伶仃的自己是否能应付得来。眼下千头万绪，一筹莫展，哪怕能有个人做伴缓解一下内心的彷徨也好啊。

英加漫无目的地在岛上搜索着，不过什么也没有发现。于是决定先想办法填饱肚子。在这个岛上，他倒是不必担心被饿死，因为敌人虽然摧毁了房屋，但对树木还是手下留情的，树上的果子有些已经成熟，可以摘下来充饥，而且实在不行还可以靠海吃海，去水里捞鱼、挖牡蛎吃——不过这都不是长久之计。

他朝原来王宫所在的位置走去，希望能在那里找些食物。他在瓦砾里翻找了半天，才搜集了一点儿没被敌人带走的干粮，疲惫地坐在一块倒塌的大理石上吃了起来。勉强填了填肚子后，小王子望着面目全非的宫殿不禁又心生悲凉，泪水涟涟。

哭累了，他觉得口很渴了，于是拖着疲惫的身子去王宫前面的那口井里打水喝。幸运的是，这口井并没有被那些残暴的士兵所破坏，水桶还完好无损地吊在轱辘上，井绳也是牢牢缠好的。于是小王子抓住手柄摇起来，随着吱嘎吱嘎的声响，水桶慢慢朝井下放去。

“喂——上边的人——小心点儿——别砸到我的头——”突然，井里传出了空灵、幽深的说话声，这可把小王子吓坏了。他定了定神，探着脑袋朝井里望去，这口井又大又深，里面黢黑一片，什么也看不清。

“谁在那儿？”英加朝井里喊道。

“是我——林基廷克。”下面的人喊道，声音在井壁间回荡，听起来有点儿阴森。不过英加一下子就分辨出来了，是胖国王的声音，没错！

“天啊！你怎么会在井里？”英加非常吃惊，心中又有些惊喜。

“一言难尽，我差点被淹死！那些士兵太可怕了，就像魔鬼一样，见人就抓，见东西就抢。为了躲避他们，我只能跳进这里，好在水不是太深，而且我不是脚朝上掉下来的，所以我才没被淹死！哈——哈哈——好在头长在上面——嘻嘻——嘻。”井底传来一阵阴阳怪气的笑声，英加很好奇他现在怎么还笑得出来，不过那声音听起来一点儿也不开心，有些无奈而且非常疲倦。

“这真是太糟糕了！陛下。我该怎么把您弄出来呢？”英加焦急地问。

“哦，是的，你得把我弄出来。我也在想这个问题。”林基廷克激动地说，“我都想了整整一个晚上了，一直等着有人能来把我拉上来呢。就看你的啦！你只要把水桶放下来，我拽住绳子，然后你再使劲拉绳子，把我拉上去就行啦！”

英加不禁皱了皱眉头，他见识过国王的体重，估摸着自己恐怕力不从心。不过他也明白，在这种情况下，也没有别人来帮忙了，只能靠他自己了，他总不能见死不救吧。

于是，小王子把水桶放到了底下，等林基廷克把绳子拴在自己身上后，他便双手抓住井轱辘的手柄，用力往上摇。随着绳子慢慢地移动，小王子感觉到越来越吃力，不过他还是紧咬牙关地坚持着。井里的林基廷克忽而抱怨起来：“慢点儿，孩子，我的皮都被粗糙的井壁磨破啦！”忽而又给英加打气，“很好！我看到光明了！好孩子！加油，再用点力气，我马上就要出来了！加油啊！”

虽说英加是个养尊处优的小王子，但是他的力气一点儿也不小，他经常独自撑船出海去挖牡蛎，臂力能赶得上一个成年人了。不过话说回来，林基廷克国王实在是太胖了，他的体重是普通人的两倍都不止，小王子就是再有力气一个人也应付不来，他的双手也被磨得生疼。最后，他实在支撑不住了，冷不防一松手，轱辘迅速地转了几圈，只听井下传来了“噗通”“呜——咕咕”的声音。可怜的林基廷克又掉到井里了，还猝不及防地被灌了好几大口井水，呛得拼命咳嗽。

“老天啊！你要放手不能提前跟我打声招呼，让我有个准备吗？”胖国王抗议道。

“陛下，真抱歉！我实在没有办法。”英加委屈又懊恼地说，“你实在是太重了，我的力气都用尽了。”

“这种事情我自己也知道！”林基廷克无奈地说，“这下可好了，我就不用担心会被渴死了。不过这样待下去肯定会被冻死、饿死！”

英加听了他的话，又抓着手柄试了一次，不过这次他的力气更小了，才转了两圈，胖国王就又掉回了水中。

“看来，我们得想点别的法子。”小王子气喘吁吁地说。

“孩子，你去找个人来帮你一把不就成了。”林基廷克建议道。

“怎么可能？岛上的人全都被抓走了，只留下了我一个。”英加沮丧地说，“哦，加上你是两个。”他补充道。

“我可不在岛上，我在水下——嘻嘻——”林基廷克又笑了几声，然后问，“那些士兵呢？他们也走了？”

“没错，那些坏蛋带走了我的父母和百姓，让他们背井离乡去给人做牛做马。”说到这里，小王子英加忍不住又哭了起来。

“这真是让人悲伤。孩子，不哭了，勇敢点儿。”林基廷克轻柔地劝慰英加，他思忖了一会儿，又开口说道，“这真是不幸呢，不过我现在的情况比他们还要惨，与其在这样湿乎乎冷冰冰的井里待着，我更情愿去给人当奴隶。你能先弄点吃的送下来吗？我快要饿死了——把食物送到井下，让胖国王吃个饱——咿嘻嘻——这个笑话真有趣——嘻嘻——是不是，英加？明白我的意思吗？”

“陛下，现在都什么时候了，我哪有心情听笑话啊。”英加说，“你等着，我先去给你找些吃的来。”

英加离开林基廷克，在王宫附近搜寻，他找到了厨房的位置，翻出了一点残存的食物，正要返回，忽然看到了比尔比尔，他正在残砖碎瓦之间信步徘徊呢，不时还啃一啃石缝中的青草，样子煞是悠然自得。

“天啊！你竟然没被士兵带走？”英加颇感意外地叫了起来。那些贪得无厌的士兵，就连只鸡蛋都不肯放过，为什么会放过一只这么大的山羊呢？

“废话，带走了你还怎么看到我。”比尔比尔淡定从容地回答。

“可你是怎么从他们眼皮底下逃脱的？”英加不解地问。

“对我来说易如反掌。”比尔比尔得意扬扬地说，“这里地方这么大，我只是闭上嘴巴，找地方躲开了他们而已，不要小瞧我的智慧，我只要略施小计，就能让他们一无所获了。还好那些蠢材不懂我的好处，他们要知道我会讲话，肯定不会放过我的。”

“好吧，你说得没错。”英加说，毕竟那么多的人都被抓走了，而一只山羊却成功躲过一劫，这的确值得吹嘘一番。

“那个老笨蛋也被抓走了吧？”比尔比尔问道。

“什么老笨蛋？”英加惊讶地问。

“就是林基廷克那个蠢材。”比尔比尔不耐烦地解释。

“并没有，陛下在井里躲着呢，我正发愁怎么把他弄上来呢。”英加说。

“井里？哈！不错！他还是很会找地方，就让他住在那里吧，井里对他来说是再适合不过了！”

“别这样说，比尔比尔，我看得出来你和林基廷克的关系非常密切，况且他又是你的主人，你肯定不忍心见死不救，对吧？他是个有趣的人，不是吗？”英加耐着性子，连哄带劝地对比尔比尔说道。他知道如果能争取到山羊的帮助，林基廷克国王获救的希望便又增加了两成。

“行了行了，你别唠叨了，我救他就是了。”比尔比尔的口气缓和下来了，“我倒是不讨厌那个老玩闹，不过他的那些没头没脑的笑话和胡言乱语真是让人受不了，那些笑话真是太让人倒胃口了。”

于是英加带着比尔比尔来到了井边，他指着井口对比尔比尔说：“他就在那里面。”

“林基廷克！我带来了帮手，是比尔比尔！他也幸运地躲过了那些士兵。”小王子冲着里面大声喊道。

“嚯嚯，是吗？我看这些敌人才是幸运，他们要是真的把比尔比尔带走，肯定过不了多久都会被这家伙逼疯的。嘻嘻——”林基廷克依旧在说着无聊的笑话，好像没有把眼前的处境放在心上。

“看起来你在井里待得还挺舒服的啊？既然这样我看你就永远待在里面算了。”比尔比尔没好气地说，扭头就要走。

英加赶紧又好言相劝，才算是平复了比尔比尔的情绪。

“陛下，你别着急，现在有了帮手就好办多了。”英加说着就跑去找绳子了。他不一会儿就回来了，从废墟里找来了一条又长又结实的麻绳，那是敌人们拽倒城堡时用的。他把绳子一端系成圆圈，丢到井里，让国王缠在自己的胳膊上抓牢，然后把绳子缠在轱辘上，另一端牢牢地系在比尔比尔的前腿上，最后和比尔比尔一起用力。

“我们要开始拉了！你准备好了吗？”英加说。

“好——咯！”林基廷克开心地回答。

“你怎么不问我？”比尔比尔不高兴地说，“现在是我的午睡时间，等我睡醒再说吧。”

“那怎么行？井里面湿气可重了，国王要是再在里面待着说不定会得风湿病的，到时候就无法走路了，永远都只能骑在你背上。”英加认真地说，“你想想吧，那样的话是不是会更累呢？”

听到英加的话，比尔比尔马上一跃而起，着急地说：“快干吧，现在就把他救出来！”小王子看自己的计策得逞了，在一旁窃喜。

“我们开始用力了！一二三！”英加喊着口号，比尔比尔也跟着用力往前拉，可即使王子和比尔比尔一起用劲，还是没有想象中轻松，他们铆足了力气也没能把胖国王拽上来，反而还差点被他一起拖进了井里。

连续失败了两次后，英加疲惫地坐在地上一言不发，比尔比尔则大为光火，忍不住发起了牢骚：“该死的！你怎么会这么重？平时就知道吃，把自己吃得这么胖，现在报应来了吧。”比尔比尔非常烦躁，眼看着自己白费了半天力气，却还是徒劳无功，谁的心里都不是滋味。

“抱怨也解决不了问题。”英加说，“我们只能再试试了，总不能真的把国王留在井里吧。”

比尔比尔虽然很不情愿，但还是嘟囔着，勉强起身打算再试一次。

“这一次只许成功，不许失败！”英加大吼着鼓舞士气，他严肃地对井里的林基廷克喊道，“我会和比尔比尔再试一次，不过这次，你自己也要努力爬上来，不然的话，你真的只能永远在井里待着了。”

英加和比尔比尔把心一横，再次使出了全身的力气。“加把劲儿，伙计们！我看到光明了！”林基廷克呼哧带喘地说。过了不久，林基廷克肥胖的双手终于探出了井口，牢牢扒住了井边，英加和比尔比尔连忙过去拽着他的衣服拉扯他。最后，胖国王终于翻出了井口，扑通一声跌在了地上，因为用力过猛，他的整张脸都涨得通红泛紫了，他累得大口喘着粗气，连话都说不出来。

英加和比尔比尔也都瘫在了地上，他们全身的力气都用尽了，一样累得说不出话，小王子难以置信地看着地上的胖国王，不敢相信是自己和瘦骨嶙峋的山羊把他拉出了水井。

他们休息了很久，还是比尔比尔最先打破了沉默。他质问林基廷克："你这个笨蛋，我从没想过你竟然能蠢到这个份上，竟然没头没脑地往水井里跳？"

"难道你认为我想这么做吗？"林基廷克皱着眉头说，"井里又冷又湿！我宁愿被抓去当俘虏都不想掉进来咧。哼，你才是头蠢山羊，你根本没办法体会到这里面有多恐怖——真该把那些凶残的敌人丢进去，也让他们尝尝这滋味。

"陛下，您能给我们解释一下为什么会掉进井里去吗？"英加问。

"是那些士兵！"林基廷克说，"他们跟在后面追我，我心里又慌又怕，一边跑着逃命，一边回头看他们有没有追上来，结果，脚下一空就跌了进来。我喝了好几口水！然后拼命地划水让头露出来，我叫了很多次救命，可根本没有人来！那些士兵也不理我。幸运的是我后来发现这口井的水并不深，站直了刚好下巴露出水面，要不然恐怕我没有被淹死也累死喽。"

"幸亏士兵没听到你呼救，否则你也会变成奴隶了。那你就得一辈子做苦力了。"比尔比尔冷嘲热讽地说。

"奴隶？那我可做不了！"林基廷克又恢复了平时嘻嘻哈哈的模样，乐呵呵地说道，"你看我！胖成这样了，能做什么苦工呢？是不是——嘻嘻嘻——我就是个小胖墩，除了吃什么也做不了——嗬嗬嗬——"

比尔比尔气得扭过头去不想理他。

"英加，这座岛上除了我们还有别的幸存者吗？"林基廷克问道。

“这我真不清楚，您还累吗？要是休息够了，我们去其他地方看看吧，顺便找些吃的东西。”英加说。

一说吃东西，胖国王马上来了精神，“那咱们马上就走吧，反正有比尔比尔呢，我骑着它走就行了。”

“什么！”比尔比尔跳了起来，“你忘了是谁救了你吗？要不是我，你还泡在井里等死呢。为了救你我都快累死了，你居然又要骑我，怎么不替我想想。你这个自私的家伙！真该让你永远待在井里！”比尔比尔生气地大喊大叫。

“可我没有任何力气了。”林基廷克可怜巴巴地说，“我的乖乖，你就帮帮我吧。”

比尔比尔气得瞪着眼说不出话，但毕竟胖国王是他的主人，让他骑是自己的义务，所以他还是拉着脸走到林基廷克跟前，让他坐到了自己背上。

他们在王宫的残砖断瓦间穿梭，四处翻找着，希望能找到一些可吃的东西，他们合力翻开一堵坍塌的大理石墙壁后，发现了不少食物，林基廷克当即便狼吞虎咽地吃了一通。他实在是饿坏了，所以这些平日难以下咽的粗糙食物都吃得津津有味。英加仔细地将剩下的食物收集起来，装进背包中。

填饱肚子后，他们继续在岛上四处巡视，所到之处，凌乱狼藉、荒凉残败。经历了这场浩劫后，宾加里国完全被夷为平地了。房子几乎全被放火烧掉了，屋子里的东西也全都化为了灰烬。他们搜遍了整座小岛，也没有再发现一个人的踪影——整座岛上就只有一个胖国王、一个小王子和一只会说话的山羊。

林基廷克就算是性格再开朗，再没心没肺，今天都换上了一副愁眉不展的模样——眼前的景象太凄惨了，昨天这里还是一派祥和繁荣，可现在就如同地狱一般。山羊也收敛了那一肚子的恶言恶语，一声不吭地走着。

英加站在废墟之中，茫然失落地四处张望，泪水止不住地流了下来，模糊了视线。他怀念昔日的故乡，更思念自己深陷苦厄的父母。

不知不觉，暮色降临了。英加他们现在在小岛的最南端，回宫殿已经来不及了，只能就地休息。他们想找一处栖身之所。可所有的房子都被毁掉了，连张床都没有。他们只能到一棵千年古树下，借着树荫的遮蔽勉强过夜了。他们太疲惫了，所以三个伙伴互相依靠着很快便进入了梦乡。

在梦中，小王子抛开了忧虑和伤痛，他梦到宾加里国还是那样的美丽，父亲和母亲陪在他的身边——

第五章

神奇的珍珠

他们安安稳稳地一觉睡到了天亮，被鸟儿们叽叽喳喳的鸣叫吵醒了。林基廷克和英加草草吃了些东西当早饭，接着到海边简单梳洗了一番。然后坐在一起从长计议。小岛上已经不是久留之地，然而所有的船只都被里格斯的士兵们掠走了，他们真不知道该如何摆脱目前的困境。

"嘻嘻——"低头沉思的林基廷克突然发出了一阵笑声，"吉尔加德那些大臣们恐怕再也见不到他们的国王喽，我的船和船员也被那些士兵带走了，呼嗬嗬——我这辈子就交代在这个小破岛上了。他们永远也想不到我会在这里——哈哈——"

英加难过地低着头没有理睬胖国王。

“想想办法吧，英加，我们现在的食物只够吃一天了，接下来怎么办？难不成要活活饿死吗？眼下最重要的是先去找些吃的。”林基廷克建议道。

“哼哼，反正我觉得没什么，这里有的是青草，我永远不必担心食物短缺。”

比尔比尔得意地说，也只有这不懂事的山羊才能在这种情形下还摆出一副事不关己的姿态。

“你说得没错。”林基廷克乐呵呵地接茬道，“嘿，英加，我有个好主意。等我们山穷水尽了，就把这只山羊吃了吧，虽然他没多少肉，但多少够我们吃两天呢。哈哈哈——你觉得怎么样？”

“你这个没良心的东西！”比尔比尔恶狠狠地瞪着他的主子，咬牙切齿地说，“你竟然有这种念头？连你忠心耿耿的老奴仆都要吃！”

“别担心，比尔比尔，不到万不得已的时候我是不会那么做的。”林基廷克笑嘻嘻地说，“你那老皮老肉的，吃起来我还担心咬不动咧。”

比尔比尔和胖国王就这样你一句我一句地斗着嘴。在一旁一直一语不发的英加突然想起父王说的那三颗神奇的珍珠。父亲不是说它们具有非凡的魔力吗？那么这次怎么没能阻止敌人的进攻呢？小王子估计他的父亲十有八九是没有拿到那三颗神珠，而看起来敌人也没有发现它们。所以它们应该还安全地待在大厅地板下的暗格里呢。只要能拿到他们，解救父母和同胞，重建家园就有了希望——想到这里，小王子的心激动得怦怦直跳。不过现在王宫里碎石狼藉，他并没有十足的把握能够找出藏珍珠的确切位置。

小王子打算等没人的时候独自去王宫仔细搜寻一番。他决定要保守这个秘密，不对任何人讲。他不能违背自己对父亲许下的承诺。虽然林基廷克和比尔比尔都是和自己同舟共济，值得信赖的朋友，但是他不能违背自己对父亲许下的承诺。父王叮嘱过他，那三颗珍珠是属于宾加里国的秘密，不能让任何外人知道。

英加思考了片刻，决定找一个借口现在就去找珍珠。他对林基廷克说：

"我们还是去宫殿那看看吧，在那里仔细找找或许还能找到些食物。"

林基廷克没有反对，他一听到食物就来劲。于是一行人又马不停蹄地返回了宫殿，他们认真地在废墟中寻找着，把能搬开的石块全都掀起来看了看，希望能发现什么有用的东西。

他们这一找就花掉了半天时间，不过总算是有些令人欣慰的收获——他们发现了一间没有倒塌的房屋，虽然屋顶漏了，满地都是碎石，但勉强可以遮风避雨，也总算是有个栖身之所了。胖国王走几步路都累得直喘气，所以清理房间的事情就交给了小王子，林基廷克就坐在屋外的一块大理石上看着。

此外他们还找到了一张床、一张桌子、两把椅子，虽然都破损了，但也不妨碍使用。他们将这些东西全部搬进小屋里，一个简陋的休息室就完工了。随后英加还找来了一个床垫和两张被单——住这里可比睡在树底下强多了。

第二天早晨，趁着林基廷克还在熟睡，小王子悄悄推开了房门，继续去宫殿中四处寻找。比尔比尔正在岸边溜溜达达啃食青草，并没有理会小家伙。英加穿过了已经变形的长廊，寻找了不一会儿，便依据断裂倒塌的大理石柱分辨出了大厅的地点，他仔细地数着石柱的个数，最终找到了那块有机关的地板砖。然而他却发起愁来，因为刚好有一面倒塌的墙体不偏不倚地压住了那块地砖，他尝试想要移动那堵残墙，然而它纹丝不动。

这可急坏了小王子，他知道现在光靠自己一个人的力量肯定是拿不到珍珠的，然而要怎样说动两个伙伴帮自己移开那堵墙又能不对他们透露秘密呢？

小王子垂头丧气地往住所走去，眼看着可以拯救宾加里国的珍珠近在眼前，却无法拿到，他现在真是心急如焚。

再说那厢林基廷克刚从睡梦中醒来，懒洋洋地走出小屋，看到比尔比尔站在不远的草地上晒太阳，便走上去跟他搭话："嘿，比尔比尔，你知道英加去哪儿了吗？"

"不知道。"比尔比尔爱搭不理地说着，嘴里嚼起了地上的青草。

林基廷克慢吞吞地走到比尔比尔的身边，坐在地上，认真地盯着他，小声说道："我和你说，比尔比尔，现在我觉得很无聊，找不到好玩的事情，我快要被闷死了！自从那帮坏家伙掳走了吉蒂卡特国王，一连几天连个陪我聊天的人都没有，再不找找乐子我会疯掉的！我的老伙计，你来讲个故事给我听吧。"

"我凭什么给你讲？"比尔比尔皱着眉头，不胜其烦地问。

"我是国王，而你是我的山羊，就算是我命令你这么做吧。"林基廷克嬉皮笑脸地说，"别拒绝我，那样我会伤心的，我知道你是刀子嘴豆腐心，肯定不忍心看我受罪，对吧？我的比尔比尔，快给我讲个故事吧！"胖国王软磨硬泡的样子简直像个耍赖皮的小娃娃。

比尔比尔哼了一声，不屑一顾地说道："真拿你没办法，不知道的人还以为你是个三岁的小孩呢。好吧，我就给你讲一个吧。你得仔细听，这个故事可是对你很有帮助呢——不过我有点担心以你的智商根本无法领悟——我的故事很深奥的。"

"相信我，我肯定能听懂！"林基廷克眨巴着眼睛，一脸天真地看着比尔比尔，催促他赶紧开讲。

比尔比尔开始讲了："在很久以前……"

"那是多久？"林基廷克小声打断了他的话。

"听我说！不要打断！真没礼貌！"比尔比尔气呼呼地说，"从前有一位国王，说来也奇怪，他的脑袋不同寻常，里面是空的！就连他的百姓都比他聪明……"

"真有这么一个家伙吗？"林基廷克饶有兴致地问道。

比尔比尔再次被打断了，因此非常不开心，根本没有理会胖国王的提问，"那个脑袋空空的国王成天到晚唠叨个不停，说出来的都是些没用的废话，他还喜欢莫名其妙地发笑。不过这也难怪，谁叫他没有脑子呢。"

比尔比尔一口气讲完一段，不怀好意地盯着胖国王，一字一顿地说："这当然是确有其人的。"

"接着讲下去，我的好比尔比尔，可是——我不明白国王怎么会没脑子？没脑子怎么能当国王？除非——他也有只会说话的山羊——那才真是蠢到家了呢——嘻嘻嘻——”林基廷克喜滋滋地说。

比尔比尔怔怔地看着林基廷克，良久才继续说道：“这个脑袋空空的家伙能当上国王全因为命好，他出生在宫殿里，打娘胎里出来就注定是王位继承人了，就像他从他出生就注定没头脑一样！”

“那他可真是个可怜虫。”林基廷克同情地说，“那他也有能说话的山羊吗？”

“当然！”比尔比尔气哼哼地说道。

“哈哈哈！那他真是太惨了——嘻嘻——我看他还是回娘胎里去算了——嗬嗬嗬——”林基廷克发出了洪亮的笑声，乐得胖胖的身子都在颤抖，“不过投胎的事儿他自己也决定不了。真是可怜——会说话的山羊倒是可以不要——嘿嘿嘿——”胖国王一边笑一边擦眼泪。

“讲故事的人是我，为什么你总是说个不停？”比尔比尔不高兴地低吼道。

“这个问题我还真没法回答，咱们还是找个有头脑的人来问问吧。”林基廷克站起身，又爆发出一阵快活的大笑。

比尔比尔窝了一肚子的火，用鼻子喷着气，甩开蹄子扭脸走掉了。走出很远，身后仍然能听到林基廷克的笑声，他在说：“真是太可笑了！我的肚子都笑疼了！这个故事太有趣了——”

比尔比尔越来越生气，他闷着头一直走到了宫殿的遗址，对着地上的碎石块一通乱踢。正在闲逛的时候，他看到了愁眉不展的英加王子。这个小家伙看上去似乎有很多心事。

“早上好，比尔比尔。”英加换上一副笑脸，热情地跟山羊打招呼，“我有一个重大的发现，不过需要你帮忙。你的头脑中充满了智慧，要是能有你的帮忙，肯定能马到功成。”

听到小王子毕恭毕敬、情真意切的言语，比尔比尔原本那一肚子火气都被扑灭了。他当即表示乐意效劳，不过马上又不放心地追问：“你也打算叫那个蠢货帮忙吗？”

“你真不该用这种恶毒的话来说自己的主人。”小王子严肃地说，“国王陛下贵为一国之君，我们理当尊重他。何况他还是你的主人，你怎么能随意诋毁他呢？”

“不管怎么说，他就是个没头脑的人！”比尔比尔自知理亏但还想争辩。

“我可不这么认为，我只知道他非常随和，与人为善而且非常豁达乐观。”英加很有耐心地说，“你能有这么一个不计较、厚道的主子是多大的福分啊。你真应该学会感恩才是。”

“但是——”比尔比尔还想争辩。

“先跟我来。”英加打断了他，“我们有更重要的事要商量。”

比尔比尔跟在英加后面，嘴里还在嘀嘀咕咕地抱怨着林基廷克的愚蠢。小王子装作没有听到的样子。

林基廷克看到小王子连忙走过来问他要东西吃。英加打开口袋取出了一些食物，坐下来跟胖国王边吃边商量。

“我发现了逃离小岛的办法了！”英加对林基廷克说，“不过首先咱们得想办法搬开倒在大厅的那些大石块才行。”

“这好说，我们吃完就去搬！”林基廷克听说能离开小岛，激动得眼睛直放光。

“可是我们怎么搬呢？它们又沉又大，我试过了，根本没办法移动它们。”小王子苦恼地说。

“这的确是个问题……”林基廷克说着，把手中的食物一把塞到口中，将手伸进衣服口袋里掏出了羊皮卷，“让我们看看这上面有没有什么办法——哦！有了！就是这句：‘切莫搬起石头砸了别人的脚趾。’真是一语中的啊！嘀嘀嘀！”国王神气活现地说着，又自顾自乐了起来。

比尔比尔瞪了他一眼，英加也不说话了。

“嘿，你们怎么看？难道这不是个好办法吗？”林基廷克一本正经地问。

“那还用问？这真是个好办法！”比尔比尔嘲讽地说，“你就用它去搬开石头让我们看看吧。”

林基廷克听了这话，才反应过来自己跑题了。他不好意思地摸了摸自己那光秃秃的头顶，过了几分钟竟忍不住又笑了起来，那模样别提多开心了。

比尔比尔叹着气对英加说：“你相信我了吧？现在你还认为他是个有头脑的人吗？”

“羊皮卷真是太神奇了！上面写的东西都很厉害！”林基廷克啧啧称赞道，“搬起石头不能砸到别人的脚，要砸也得砸自己的脚——这就对啦——咿哈哈哈——多么深刻的道理啊——要是砸到别人的脚趾，那别人不就成了我自己？嘻嘻——那多可笑——”

“你别废话了！”比尔比尔一脸厌恶地说。

“小家伙，我这可不是废话！”胖国王大着嗓门嚷嚷道，“这都是深奥的真理，没头脑的家伙才觉得是废话呢，这……”

“国王陛下！”英加看不下去了，他焦急地打断了林基廷克，“我们到底要怎么去搬开那些大石块呢？”

“他疯了，别理他了，他的那个羊皮卷上没一句有用的话。我们找根绳子，捆在石头上一起用力拉拉看。绳子另一头可以拴在那个胖家伙身上压分量。”比尔比尔建议道。

“这真是个好办法，谢谢你，比尔比尔！”英加说，“我这就去找绳子。”

小王子很快找来了粗麻绳，然后带领两个伙伴穿过碎石堆到大厅里去。比尔比尔很不情愿在碎石之间攀爬行走，不过这难不倒一头身手敏捷的山羊，何况林基廷克也是自己走的这段路，并没有坐在他背上。胖国王走到那道断墙旁的时候已经累得快要虚脱了。

小王子把找来的绳子捆在了大石块上，绳子的另一头拴在比尔比尔的尖角上。但那些石头的确是太重了，一个孩子加上一头山羊也无法将其撼动。林基廷克见状爬起来绕到石块的另一侧，用力地推，在他体重的帮助下，大石块终于缓缓地移动了。他们搬开一块石头便累得倒在地上休息。

“看吧，比尔比尔，我还是有点用处的吧？要是没有我，你们真拿这些石头没办法了。”林基廷克得意地说。

“嗯，我得承认，你长这一身肉也不是白长的。”比尔比尔回答，“不过要是你的脑子能像你的肚子一样充实，我们就能有更省力的办法了。”

石块实在是太沉了，以至于绳子都快被磨断了，所以英加不得不再去找了些绳子来。他们再接再厉地搬开了第二块、第三块石头。这时，英加已经确切地辨认出了那个机关装置所在的位置。

于是他鼓励伙伴们再使把劲儿，齐心协力移开了最后一块倒塌的石墙，终于大功告成了。小家伙心里已经是喜不自胜了，不过他故意不动声色，没有向伙伴们透露半点秘密。

林基廷克和比尔比尔很好奇费了这九牛二虎之力究竟是为了什么，所以他们缠着英加追问个不停。英加只得采取拖延战术，敷衍他们说：“等到明天吧！我一定会告诉你们的！而且到时候我能帮你们每个人实现一个愿望。”

这并不是个让人满意的答案，比尔比尔生气地瞪着英加，觉得被这个小孩子给耍了，白忙活了一场。而林基廷克却没有想那么多，仍然笑得那么欢快，他摸着圆滚滚的肚皮，问英加怎么能再弄点吃的。

英加到岸边找来到了几根渔竿，装好渔线，放上饵料，开始钓鱼。他

是在海边长大的，钓鱼的技术不输那些渔民。才过了一个时辰，他就收获了一大筐美味的鱼，就连明天的饭都不用操心了。

林基廷克望着活蹦乱跳的鱼儿，口水都要流出来了："啊，我最爱吃鱼了，你知道怎么烧吗？"

"虽然我会钓鱼，可我却不懂料理。"英加说，"你应该知道怎么做吧？你可是国王啊。"

"谁告诉你国王就会烹饪呢？"林基廷克被逗得咯咯直笑，"我虽然吃下的美味珍馐不计其数，却从来没有自己烧过菜啊。"

"我倒是对烹饪略知一二。虽然我吃草就够了，但是我知道怎么做鱼，我曾见过厨师料理它们。"比尔比尔骄傲地说，"你们听我的指导就能把鱼弄熟了。"

在比尔比尔的帮助下，他们手忙脚乱地刮鱼鳞、清洗鱼腹、烧水、加料——最后终于吃上一顿喷香的晚餐。

吃过饭，林基廷克很快便倒在床上鼾声大作了。不过英加则激动得根本睡不着——他静静地等待时机，好溜回宫殿去拿神珠。好不容易等比尔

比尔也完全睡着，小王子才蹑手蹑脚地起身穿好衣服，趁着月光回到了城堡的废墟中。

他迫不及待地按下了那块有机关的地砖，放珍珠的那个锦囊还安然无恙地躺在暗格里。英加快活得心脏都要跳出来了，他抑制着内心的激动，颤抖着双手将锦囊拿到手中，打开查看——在夜幕中，三颗神珠闪烁着迷人的光泽。他将锦囊牢牢抓在手里，关上了暗格，打算跑到一个更安全的地方再把珍珠取出来。

小王子带着珍珠踉踉跄跄地朝着睡觉的房间跑去，远远地看到比尔比尔蜷缩在草地上睡得正香，而且耳边隐约传来林基廷克的鼾声。英加胆战心惊，生怕他们会突然醒来发现自己的秘密，所以索性往海边跑去。

他一口气跑到沙滩上，才坐下来喘口气。银色的月光温柔地洒在紫红色的海水上。英加屏住呼吸，用颤抖的手打开了锦囊，他刚想拿出一颗珍珠来仔细端详，忽然又迟疑了，他开始担心如果它们不小心滚进海里，一切就完了。

这样想着，小王子干脆跑进了森林，爬到了一棵高大的树上。不过树冠遮住了月光，这里黑得伸手不见五指，所以英加还是不敢拿出珍珠来，要是不小心掉了一颗恐怕他就再也找不到了。所以小王子决定耐着性子等到天亮再说，他一整夜都警惕地握着珍珠不敢有丝毫的松懈。

“这些珍珠是多么的珍贵啊，可以给我用不完的力量，帮我救出父母！这可是我们祖祖辈辈的传家之宝，我一定要多加留神，保护好它们，不能有什么闪失。”英加握着珍珠暗自思量着，到现在，他的手还在颤抖，他不禁为自己的慌张和胆怯而狠狠自责起来。

整个晚上他都在思索着究竟应该把珍珠藏在哪里才安全——他必须要随身携带它们，同时要确保不把它们弄丢。好不容易等到了黎明时分。借着清晨的第一缕阳光，英加打开了锦囊，将三颗神圣的珍珠倒在了手上。首先他拿起了那颗蓝色的珍珠，这会赐予他惊人的力量，然后他将右脚上的鞋子脱了下来，小心翼翼地将蓝色珍珠塞进了鞋子的顶端——英加的鞋子造型很奇特，尖端是向上翘起的，在脚趾和鞋尖之间有一个小小的空隙，

刚好可以卡住一颗珍珠。然后他又扯下了半块手绢，塞在鞋尖，以便让珍珠更稳固。接着便迅速穿回了这只鞋，系紧了鞋带。

接着，他又拿出那颗粉红色的珍珠，自言自语道："它会保佑我逢凶化吉。"然后脱掉左边的鞋子，把这颗珍珠放了进去，同样塞了半块手绢，再次把鞋子穿好。

最后，他拿出了白色的珍珠，他的父王说过，这颗珍珠充满了智慧。小王子想听听它的意见，下一步该怎么做。他把珍珠捧在手里小声问道："我现在身陷困境，你能告诉我该怎么做吗？"

"你应该去里格斯和克里格斯岛上，把你的父母救出来。"白色珍珠在他的耳边回答。

"现在恐怕还不是时机吧？"英加对白色珍珠的话有些疑惑，"眼下连船都没有，我想离开这个岛都难，要怎么才能去那么远呢？"

"今天晚上天气会变化，会有一场暴风雨，到了早上雨就会停，你到北边的海岸上自然会看到一艘船，你乘着那艘船就能去救你的父母了。"白色珍珠对他说。

"这里到里格斯有好几天的航程，凭我的力气怎么能划到那里呢？"英加问。

"不必担心，蓝色珍珠会给你力量。"白色珍珠平静地回答。

"即便是这样，万一遇上了恶劣的天气，船翻了可怎么办？"小王子毕竟还没经历过什么大事，这又是他头一回出远门，难免有些顾虑重重。

"粉色珍珠会保你平安的，什么都不用怕。"白色珍珠鼓励他。

"好吧，我相信你。"英加果断地说。有了这三颗不同寻常的珍珠他就像吃下了定心丸，心中充满了希望和勇气，不再像前几天那样惶惶不安了。

白色珍珠最后对他说："记住，智慧和勇气也是你取得胜利的法宝，有了它们，你将会变得所向披靡。"

英加把这句忠告记在心里，连忙把白色珍珠放回锦囊，然后小心地放进了衬衣的口袋里。现在心中的石头总算落了地，英加回到外面，大口呼吸着早晨清新的空气，虽然他一夜未眠，但是还是觉得神清气爽。

回住处的路上，他碰到了比尔比尔，这只山羊一向起得很早，他好像还在生气，瞪着眼睛站在那里吃草。英加克制着自己激动的心情，不露声色地跟他问好，他冷着脸没有搭理。

房间里，林基廷克刚刚睡醒。胖国王一见到英加就缠着他问："你一大清早就出去干什么了？别老是那么神神秘秘的，你答应今天告诉我的那个秘密究竟是什么？快说吧。昨天搬大石头累得我腰酸背痛，到现在都缓不过来呢。快点让我知道那个秘密吧。"

"陛下，真抱歉，现在还不是时机。既然是秘密就不能那么轻易透露，况且这个关系到我们宾加里皇室的命运安危呢。"小王子看着胖国王又要耍赖皮，很是无奈，只能赔着笑脸哄他，"不过我给你带来了一个好消息，明天一早我们就能离开这个小岛了。"

"离开？怎么走？我根本不会游泳。"林基廷克有些莫名其妙，他觉得英加是在涮自己，看来昨天的力气是白费了。

"谁说要游泳了，我们可以坐船离开啊。"英加胸有成竹地说道。

林基廷克吃惊地瞪着小王子，说："可是岛上一艘船也没有啊，我们不都找遍了吗？"

"现在是没有，不过明天一早就有了。我是不会骗您的。"英加认真地说。这是白色珍珠的预言，小王子知道它有强大的魔法不会出差错，不过林基廷克可从不知道什么珍珠、魔法的存在。他暗暗想着英加是不是疯掉了，毕竟这个小家伙一连遭遇了这么多可怕的打击，承受不住也是人之常情。

想到这里，林基廷克便不再追究昨天的事情了，他想着要好好安慰安慰这个可怜孩子，给他讲个故事哄他开心。林基廷克讲得眉飞色舞，手舞足蹈，把英加逗得捧腹大笑。自从里格斯的士兵们攻占了小岛以来他们还是第一次笑得这么无忧无虑，特别是小王子，他想到自己有神力护体，稳操胜券，更是喜不自胜了。

他们的储备粮都吃光了，只有两条英加昨天钓的鱼了，所以不得不再去找些别的食物。他们走进森林，树上的水果有些已经成熟了，吃起来香甜可口，他们摘了很多，吃了个痛快，尽管如此，林基廷克还是不停地喊饿。虽然处在特殊时期，胖国王也完全无法控制自己的胃口——“吃是我最大的乐趣了。”他沮丧地说。

到了傍晚，万里无云的天空突然阴云密布，雷声滚滚，不一会儿豆大的雨点便倾盆般从天而降了，伙伴们赶紧躲进了那间小屋避雨，虽然屋顶和墙壁有点漏水，屋里湿乎乎的，但总好过完全暴露在大雨之中。林基廷克和比尔比尔在一旁唉声叹气地抱怨着，不过英加却非常激动，因为白色珍珠的预言果然成真了，那就意味着明天的小船也是十拿九稳的事了。

暴风雨持续了整整一夜，伴随着骇人的电闪雷鸣，他们瑟缩着在房间里过了一个难挨的夜晚。

到了第二天早晨，暴风雨突然停止了，天空湛蓝如洗，大地阳光普照，草木苍翠挺拔，鸟儿们欢快地鸣唱——经历了暴风雨洗礼的小岛变得愈发生机勃勃了——除了几棵被暴风摧倒的大树。

第六章

神　船

太阳刚刚从东边升起，英加就起床了。他丝毫没有怀疑白色珍珠的预言，按捺着心中的兴奋之情，急匆匆地朝海边跑去。果不其然，他离海滩还有一段距离的时候就看到远处的海面上漂来了一团黑乎乎的东西，那东西迅速朝岸边靠近，轮廓越来越清晰——果然是一艘轮船！而且个头还不小呢。

等英加跑到岸边，大船也刚好搁浅了。说来也是神奇，尽管昨夜暴风雨肆虐，但是这艘船却是完好无损，而且似乎是崭新的。看着这艘漂亮的大船，英加又惊又喜，欢呼雀跃。他仔细地打量着这艘大船——船身做工精致，漆得乌黑锃亮；船里则镀了一层银，平滑得可以当镜子照；整条船在阳光下闪闪发亮，耀眼夺目。再看船舱，每个座位上都铺着柔软的白丝绒靠垫，垫子上还用金线绣着花——每一个细节都非常讲究。

英加走上船查看了一番，更令他欣喜的是，在船的末尾摆放着几只木桶，里面盛满了甘甜的泉水。还有好几只结实的木箱。英加打开盖子，发现里面装的全是饼干、面包、罐头、腌肉、水果——足够他们吃上一个月。

船底放着两把漂亮的银色船桨；船顶宽大而结实的银色帆布随风飘扬，遮住了空中毒辣的阳光，这简直是一艘再完美不过的轮船了！

英加打量着轮船，开心的同时也非常担忧：这艘船看起来又大又重，蓝色珍珠能给他足够的力量吗？

就在这时，林基廷克也走了过来，一看面前这么漂亮的一艘船，他简直不敢相信自己的眼睛，惊叹道："天啊！小家伙，还真被你给说中了！不过这船是从哪儿来的呢？你又是怎么知道的呢？我真是太吃惊了——不管怎么说我们的运气实在是太好啦，坐上这条船我们就能离开这个鬼地方了。嗨嗨——太好喽！用不了几天我们就能到吉尔加德了，我离开有一段时间了，还真有点儿想那里了。"

"我可没打算去吉尔加德。"英加说。

"嘿，小伙子，你要是不去保准会后悔的，我的吉尔加德比这座荒岛可强多了。而且我会好好照顾你的，你可以和过去一样过着养尊处优、锦衣玉食的王室生活。"胖国王劝说道，"当然，如果你执意要留在这里我也不强迫你，等我回国后马上就派些人过来帮你。"

"国王，请不要忘记，这艘船是我的，去哪里应该我说了算。"英加认真地看着胖国王说。

"嘿嘿，小家伙，你的话或许没错，可我是国王，又是你的长辈。你只是王子，而且你的国家都毁灭了，一无所有，所以我看你还是听我的吧。"胖国王为了能回家，又开始耍赖皮了。

"抱歉，陛下，恕难从命。"英加不卑不亢地说，"我有自己的打算，我认为眼下最要紧的是去里格斯解救我的父母和同胞们，别忘了，你的二十个水手也被他们抓走了啊。他们现在正在水深火热中饱受摧残，我是他们唯一的希望，怎么能弃他们于不顾，独自安享荣华富贵呢？”

“去面对那些可怕的士兵？你是不是疯了？”林基廷克惊叫起来，“那你也会变成奴隶的！你这孩子是不是傻了？那样不就是自己去送死啊！你林基廷克大伯虽说或许真像比尔比尔说的那样脑袋空空，那我也明白不应该明知山有虎偏向虎山行的道理啊。你还小，难道甘愿做一辈子奴隶，永远不见天日吗？”

“我不会成为他们的奴隶。”英加诚恳而坚决地说，“相反，我还会把所有被奴役的人们都解放出来，让大家获得自由！”

“嗨嗨，我说你这个傻孩子，可真倔。嘻嘻嘻——这想法多么可笑啊——嗬嗬嗬——”林基廷克大笑起来，“你怎么看，比尔比尔？”

比尔比尔皱了皱眉头，算是对林基廷克的回复，这次他也没有反对国王说的话。

林基廷克接着苦口婆心地劝说小王子：“这样的冒险可不是什么有趣的事，这简直是在玩命。我承认你很有胆识，是个胸怀大志的少年，而且我也为你的孝心和责任感所感动。我要是再年轻几十岁，再瘦上一百斤，或许我会全力支持你。不过现在这个情况，我们只有一个未成年的孩子，一只老山羊，和一个胖得走不动路的国王，怎么能敌得过里格斯那成千上万野蛮凶残的士兵呢？我好言相劝，你这个小娃娃还是三思后行，不要这么冒失冲动吧。”

“尊敬的陛下，我可是经过深思熟虑的，我有必胜的把握！”小王子平静地说。

“哎呀，你看看，这里只有我们三个，他们随便派几个士兵就能把我们抓住了，你还那么年轻，何必自寻绝路呢？听我一句劝吧，和我回吉尔加德去，我会找个最好的先生教你读书，还会让大臣们教你治理国家的经验，我答应你会派人来帮你重建国家。你看如何？”林基廷克继续耐心地劝说。

胖国王的话情真意切，句句在理。英加也有些不知所措，他不能透露魔法珍珠的秘密，又很难找到反驳的理由。于是他对林基廷克说：“尊敬的陛下，我们这样争也不是办法。您是个善良的好人，也是我们国家的贵客，让我们都替对方想一想吧。”

林基廷克点点头，等英加说下去。

“不如我们来比试一下，看谁能驾驶这艘船，如果你能划动我就和你回吉尔加德；如果我能划动，那就烦请陛下陪我先去里格斯救人。您看怎么样？”英加问。

“就这么定了！公平合理！”林基廷克爽快地答应了，“这艘船看起来划着一定很吃力，不过吉尔加德也不算太远。我会尽最大努力的，咱们说话算数！”他心中暗喜：自己块大膘肥，走起路来虽然吃力，但力气一点儿也不小，再怎么说也比小王子强，所以胜算相当大。

出发前他们又去采摘了一些水果带到船上，英加还钓了几条鱼，耙了一些新鲜的牡蛎放进一只水桶里储藏起来。他们还给比尔比尔割了许多干草堆放在船舱里。

一切准备妥当，他们准备出发了。不过怎么把比尔比尔弄上船可成了大问题。对于山羊来说大船直上直下的梯子爬起来非常困难，英加和林基廷克只好一个在前面拉，一个在后面推，笨手笨脚的比尔比尔还跌进海里差点儿被淹死，他气得暴跳如雷骂骂咧咧。即便如此，两个伙伴也没想过要把他独自留在孤岛上，因为他们都当他是不可或缺的一分子。

最后，比尔比尔终于连滚带爬地上了船，然后一头倒在前甲板一处宽敞的空地上躺下休息起来。林基廷克也来到船上坐在舒适的座椅上喘气。英加最后一个上船，他用力一推，搁浅的大船就离开了沙滩，漂进了海里。

林基廷克看到英加上了船，赶紧抓起了船桨想要抢占先机。英加笑笑，安静地坐下看胖国王划船。

林基廷克深吸一口气，喊了一声：“向着吉尔加德，进发！”然后用力地划起了水，看架势还挺像一回事儿。他对着远方的大海边划边唱：

“向着吉尔加德，我们出发了，
勇敢的小王子和矮矮胖胖的国王，

还有一只倔头倔脑的老山羊，
黑色的小船勇往直前扬帆起航！
迎着清爽的海风，我们心情欢畅，
美丽的故乡吉尔加德就在前方！”

“闭嘴！林基廷克！难听死了！我快要吐了！”比尔比尔大吼道。

林基廷克停止了歌唱，他已经累得满身是汗了。胖国王放下桨回头想看看自己的成绩，结果心一下子就凉了——他划了这么半天，船离海岸还是只有不到十米远。

英加扭头看着海面，假装没有注意到窘态毕露的林基廷克。累得气喘吁吁的胖国王脱下华丽的长袍，挽起袖子，打算再试一次。这一次他更加卖力地摇动着船桨，咬紧了牙关，连歌都顾不上唱了。他划得手臂酸痛，累得涨红了脸，才停下来再次回头看——结果这一次情况还是和刚才差不多。

林基廷克瘫坐在甲板上，把船桨扔到一旁，拿出手绢擦拭着脸上涔涔的汗水。英加看着他脸上浮现出了笑意。胖国王乐呵呵地自嘲起来：

“胖国王自以为是，
一身力气却划不动船！
心甘情愿认失败，
就像没用的老山羊。”

“别在这里胡说八道了！”比尔比尔立刻反驳，“你这个蠢货，才不配跟我相提并论呢。”

“嘀嘀嘀，比尔比尔，我现在这么丢人现眼不正像是一只山羊吗？”林基廷克笑嘻嘻地说。

“你这个脑满肠肥的家伙永远也不如一只山羊聪明。”比尔比尔气冲冲地回敬。

“不管怎么说，我也是个国王，国王要是还不如一只山羊，那山羊不就成国王了——哈哈哈——多好笑——”林基廷克继续跟比尔比尔斗嘴。

比尔比尔大为光火，又对林基廷克说了些刻薄讽刺的话。

胖国王没有继续跟他纠缠，而是对小王子说：“我看我们还是放弃吧。这船太笨重，我们要想划着它回吉尔加德恐怕得到猴年马月了，搞不好我们会漂在海上永远看不到陆地。我们还是先回到岸上去，再作打算吧。”

英加慢条斯理地说：“陛下，您忘了，我还没试过呢。”

“那你就试试吧。”林基廷克嘲弄地看着这个不知天高地厚的小家伙。

“别忘了我们的约定，如果我能划动这船，您就得跟我去克里格斯。”英加提醒道。

“没问题，我决不食言。”胖国王晃晃悠悠地走到船尾，坐到椅子上，倚靠着椅背，懒洋洋地回答道。

英加立刻接过船桨，划了起来——奇迹发生了，他只是轻轻划了两下，船就已经驶出了十几米远，林基廷克和比尔比尔都难以置信地瞪大了眼睛，就连小王子本人都觉得非常意外——看起来如此沉重的巨轮仿佛轻如鸿毛，他丝毫都不觉得吃力。

胖国王输得心服口服，不得不遵守自己的承诺。小王子掉转船头朝着北方全速划桨。船儿在茫茫大海上乘风破浪，飞速前进。英加并不清楚克里格斯的确切位置，但是他一点儿也不担心，因为白色珍珠随时可以给他正确的指引。

没过多久，宾加里小岛就在他们的视线中渐渐淡去了，一个小时后，地平线彻底消失了，小船被包围在紫红色的海水中一路向北。英加始终在划桨，却并不感到吃力，手臂一点儿都不觉得酸痛，他的心情别提多么轻松愉快了。

“这真是太让人高兴了，又可以出海观光了。我还是头一回坐这么快的船呢！”林基廷克感受着清爽的海风，快乐地说，“这艘船太棒了。”

“别得意得太早，别忘了我们要去那儿。”比尔比尔冷冰冰地提醒道，“过不了多久，你一登上敌人的地盘，恐怕马上就要被他们的明枪暗箭伤得体无完肤了。”

“可别这样说！”英加叹着气，“我们未必就没有胜算。”

“没关系，人生终有一死，万一他们真要杀了我，我就求他们把这头老山羊一起杀掉，嘻嘻——这样我们还能同生共死。”林基廷克咯咯地笑着说。

“如果我是他们，我会把这个胖墩墩的国王活活煮了吃呢。”比尔比尔不怀好意地回击。

林基廷克一想到那些士兵的凶残嘴脸就不寒而栗，他连忙岔开了话题：“好了，好了，别说那些了。或许我们能交上什么好运呢。现在杞人忧天也是白费功夫，不如让我来唱首歌缓和一下气氛吧。”

“你省省吧，谁愿意听你唱歌。”比尔比尔立刻阻止他，“你那歌声比驴子的叫声还要难听。”

“亲爱的比尔比尔，你还没听怎么能下结论呢？我要唱的这首歌可是很流行的歌曲呢，保证你听了会叫好！”林基廷克说着就靠在靠垫上，清了清嗓子，唱开了：

“一个美丽的女孩出海航行，
她挥手唱着再见。
她坐在船长身边眺望大海，
想把一切都尽收眼底。
可她就是看不到我，
挥手唱着再见。”

“好听吗？比尔比尔？”林基廷克唱了一段，自我感觉良好地问。

“难听死了。”比尔比尔愤怒地吼着，“简直就像是鳄鱼的口哨声。”

“鳄鱼也会吹口哨？”林基廷克大笑着问。

“它吹的和你唱的半斤对八两。”比尔比尔说。

“那一定很好听，嘻嘻嘻——哈哈——”林基廷克乐不可支地说，“吹口哨的鳄鱼，太有趣了，我的朋友。”

“你才不配跟我交朋友呢！”比尔比尔火冒三丈地摇着耳朵。

“别耍脾气了我的朋友，我再接着唱下一段，保证更好听。”胖国王说。

“千万别，我头都要炸了——”比尔比尔想要阻止，可国王并没有理睬他，照样开口唱了起来：

“顽皮的海风吹走了女孩的鞋，
鞋子飞舞在天空中唱着再见。
女孩最爱的那双新鞋子啊，
她想去追却怎么也追不到，
只好挥手唱着再见。”

“这次的歌很不错吧，亲爱的比尔比尔？”林基廷克心满意足地问。

“你觉得呢？亏你问的出口。”比尔比尔挖苦地说，“好听得简直像敲破锣！”

“你这山羊就是不会好好说话。”林基廷克说，“不过我承认我的歌声没有你的脾气那么温柔，嗬嗬嗬——真是不能指望狗嘴里吐出象牙来。”

“拜托你们，别再为这些鸡毛蒜皮的小事斗嘴了好不好？”一直在一旁默默划桨的小王子忍不住开口了，“我们的烦心事还不够多吗？干吗还要自己找不痛快呢？”

“斗嘴不就是在找乐子吗？”胖国王说，“这是我们寻开心的方法，不过要是吵到你了，就算了，我还是接着往下唱吧，这一段可是结尾的高潮部分了！”

“女孩找不到鞋子伤心得哇哇哭，
回头唱着再见再见。
她泪痕未干便做了船长的新娘，
破涕为笑神气活现，
因为实现了自己的梦想，
她笑着挥手唱着再见再见。”

“真是太难听了，还好这是最后一段。”比尔比尔嘀咕着，“再唱下去我肯定要吐了，我宁愿去给那些士兵当奴隶也不想多听一句了。”

“你懂什么是音乐吗？真是只愚笨的山羊。”林基廷克反驳道。

“不管我懂不懂，你的歌声都算不上音乐，林基廷克，还记得那个狗熊当保姆的故事吗？”

“还真想不起来了，你给我们讲讲吧。”林基廷克笑着说，他还侧头看了看英加的脸色。

正在奋力划船的英加根本没有听他们的对话，他正一门心思地想着到了里格斯后该如何对付那些凶猛的敌人。

“话说有只狗熊去当保姆，他要哄小宝宝睡觉。”山羊瓮声瓮气地讲道。

“后来呢？”林基廷克插嘴。

比尔比尔瞪了他一眼，接着讲：“笨熊唱起了摇篮曲，他觉得自己的歌声非常美妙，结果一看，小宝宝被吓得晕了过去。”

“嘻嘻嘻——嗨哟——嗬嗬嗬——”林基廷克笑得上气不接下气，“你这个家伙真是个开心果，净会讲些有趣的事情逗我笑——我唱的歌好不好听也看个人喜好，反正我自得其乐了。”

主仆二人嬉笑怒骂了一会儿终于安静了下来。英加这才开口问道：“国王陛下，您会打仗吗？”

“我可没做过这种事。”林基廷克说，“遇到危险的时候逃跑可比打仗有效多了。”

“如果有必要的话，您会打仗吗？”英加又问。

“要是不能逃命，我也只好试一试了。但赤手空拳肯定不行，你有什么武器给我吗？”胖国王问。

“你也看到了，我什么都没有。”英加无奈地说。

“那我们只能讲道理了，希望他们能听进去，或者让他们自己投降，主动打开城门让我们进去把他们捆起来——总之硬碰硬肯定是行不通的。”林基廷克半开玩笑地说。

这当然不是什么有用的建议，不过倒也在英加的意料之中。他怎么想都觉得自己打不过敌人，而且就算是偷袭，他们三个人也太弱了。可他就是想不通——如果没什么希望，白色珍珠为什么还要让他放心大胆地准备营救行动呢？

不过事到如今，白色珍珠的预言已经屡次应验了，证明它是十分可靠的。所以英加觉得没必要现在瞎担心，只有到了里格斯再见机行事了。

好在现在有了三颗神珠的保佑，英加完全不担心自己的安全。倒是还被蒙在鼓里的林基廷克和比尔比尔，也要靠小王子费心保护了。

他们在大海上航行了三天三夜，好在船上食物和水都很充足，小王子一心想快点见到自己的亲人，所以把所有的时间都用在划船上，几乎没怎么休息。一路上，白色珍珠都在给他指引方向。终于，在第四天的早晨，两座毗邻的大岛映入眼帘——正是里格斯和克里格斯无疑。

英加紧张地站在船头，眺望着不远处的大岛，充满信心地自言自语：“我一定要勇敢点儿，只要我小心行事，多加思考，就必定能救出我的父母和子民！”

第七章
里格斯和克里格斯

里格斯是一个巨大的岛屿，它长四十公里，宽十公里，土地面积是宾加里国的几倍，站在岛上根本望不见尽头。

这里虽然地域宽广，景致却非常一般。只有海岸一带是绿油油的草地，国王的宫殿便建在这一带，过了宫殿便是一大片阴森森的森林，连接着灰蒙蒙的崇山峻岭，那里是乱石林立的不毛之地，人迹罕至。

这里的森林到处是粗可合抱的参天古木，地上到处盘根错节。有数不清的金矿银矿就藏在这片森林的地下。王宫后面有一条人为辟出的小径，直通矿井的入口，从那里进去你会发现许多大大小小的洞穴。

里格斯的统治者叫作戈斯，他是个

野蛮冷酷的彪形大汉，长着一脸络腮胡，看起来就面目可憎。戈斯国王视财如命，因此把成百上千的奴隶们关进地下矿井里，让他们不分昼夜地开矿，而且安排了监工手持皮鞭督促他们工作，不让他们有一点懈怠。还派了士兵把守洞口，防止他们逃跑。这些苦命的奴隶都是从周边的国家劫掠来的，当中就包括宾加里的国民和英加的父母，他们长年累月过着暗无天日的生活。

戈斯国王拥有一支训练有素的强大军队，他手下的精兵强将有上万人，靠着这支强大的军队，他掠夺了无数的财富和人口。戈斯和他手下的爪牙们都居住在距离海岸不远的皇城里。不过皇城的面积有限，容不下那么多人，所以那些士兵们三天两头就要轮流出海去别的国家劫掠财宝，一去少则三五天，长则三五个月。这些人个个都很不安分，野心勃勃，横行霸道，所以里格斯城里被搞得一片乌烟瘴气，民不聊生。

和里格斯岛隔海相邻的岛叫克里格斯。那里地势平坦、土壤肥沃，风景宜人，到处都是绿油油的田野和庄稼。克里格斯每年都定期给里格斯供应粮食和其他物产，因为那些残暴的士兵们喜欢不劳而获，从不耕作。不过作为回报，里格斯每次抢夺来的金银财宝和开采的金银矿都会分一部分给克里格斯——两个岛国是一种互利互惠的共生关系。

无恶不作的里格斯士兵之所以能和克里格斯相安无事地相处，完全是因为克里格斯的统治者科尔女王是戈斯国王的妻子。

和凶残的戈斯国王相比，科尔女王也好不到哪去。她是个心狠手辣、脾气暴躁的女人，她发起怒来连国王都要怕她三分。她也控制着很多奴隶为自己耕作——这些奴隶都是女性，她们都是戈斯国王从别的国家掳来的。

科尔女王对这些奴隶非常残忍无情，让她们没日没夜地干着体力活，还时刻给她们套着沉重的镣铐，而且一不高兴就会想方设法地折磨这些奴隶来出气。这些苦命的女人们成天胆战心惊，拼命劳作却连饭也吃不饱，稍微停下来休息就会遭到监工的鞭笞。

两个岛国距离很近，如果乘船只需一盏茶的工夫便能从一边到达另一边。为了方便往来，一道木质浮桥架在两个小岛之间，平时桥上铺着结实的木板，一旦遇到了什么紧急情况，国王就会命人将木板撤掉，只剩两道绳索，这样追兵就束手无策了。

话说几天前，里格斯的士兵成功将宾加里洗劫一空，满载着俘虏和财宝凯旋。看到他们大获全胜，里格斯城里顿时一片欢腾。戈斯国王和科尔女王得意地眉开眼笑，他们马上在里格斯王宫大摆酒席为士兵们接风，并在宫殿里召见了大功臣们，迫不及待地把赃物当场瓜分掉了——国王和女王坐享一半战利品；剩下一半财宝的二分之一由几位士兵军官分配；再剩下的归那些士兵们。庆功宴一直持续到了后半夜。

至于那些可怜的奴隶呢？男丁们连休息的时间都没有，他们被一条长长的沉重的铁链拴成一串，直接被带到山洞去挖矿了，吉蒂卡特国王也不例外；那些妇女和儿童包括娇贵的嘉莉王后则是第二天一大早就被驱赶着走过了浮桥，到克里格斯去耕田了。戈斯国王和科尔女王都是贪得无厌的人，即便是抓来的俘虏他们也一定要盘剥最大的价值。

坏蛋们心中沾沾自喜，他们觉得已经彻底毁灭了宾加里，俘虏了他们全部的人口，再无后顾之忧了，于是心安理得地占有了从那里抢夺来的财富，丝毫没有忌惮。谁知，那天里格斯南面的海上突然出现了一艘黑色的船，笔直地朝港口迅速驶来。

士兵们成群结队地在港口码头上围观，为首的是一个人高马大的壮汉，他叫布鲁勃，是这些士兵的最高长官。船飞快地靠岸了，他们才看清这艘巨轮上站着一个小男孩、一个矮矮的胖墩儿，以及一只皮包骨头的山羊。

里格斯素来与全世界为敌，在整个诺耐斯迪克海域里都是臭名昭著，几十年来还从来没有外国人主动来访过，因此那些士兵们都感到非常好奇。

轮船进入海港停靠下来。林基廷克恐惧地缩到了英加身后，他对小王子耳语道：“你看这些家伙不怀好意的眼神，他们肯定是想把我们抓起来当奴隶的，我们千万别下船！”

英加非常镇静地安慰他：“用不着害怕，等一下我来和他们谈判，你和比尔比尔在旁边听着就可以了。”

英加不卑不亢地朝那些士兵们行了个欠身礼，只听大个子布鲁勃恶声

恶气地发话了:“喂，小子，你是谁？到我们里格斯来干什么？”

英加无畏地注视着布鲁勃，高声回答:“我是宾加里的王子英加，我的父母和百姓被你们强行掳来做奴隶了，我是来解救他们的。”

听到眼前这个黄口小儿的豪言壮志，下面的士兵们嘻嘻哈哈地笑成一片，布鲁勃笑了一会儿，说:“你这小家伙真是吃了豹子胆，你且看看咱们力量有多悬殊？你简直是太笨了！我们都不知道有你这么个漏网之鱼，既然你那么走运就应该珍惜来之不易的自由，怎么还自己往火坑里跳呢？不过既然你自己是心甘情愿的，我们当然求之不得了，我们这里缺的就是能干活的奴隶。”说完之后，他指着林基廷克问，“那个胖子又是谁？”

“他是林基廷克国王，他是来见证我解救百姓的。”英加扬起下巴说道。

“哈哈！真是自不量力！”布鲁勃嘲笑道，“这个胖子就送给科尔女王吧，她最喜欢耍弄胖子了，女王看到你连蹦带跳像个皮球的样子一定会开怀大笑的。”

林基廷克听了这些话害怕得直哆嗦，更后悔来这个地方了。

不过英加脸上还是挂着自信的微笑:“任你说什么都吓不倒我！还没有过招你怎么就知道我们是来自己送死的呢？不是我吹牛，我们都是懂魔法的，我们动动手指头就能把你们打得落花流水了，识相的话还是赶紧投降吧！”

听着小王子一脸严肃地说下这番掷地有声的话，士兵们个个笑得前仰后合。英加看没有人拿自己当回事儿，便猛地跳到了岸上，然后搀扶着林基廷克下了船，比尔比尔下船比上船容易多了，他一跃，四肢便稳稳落到了松软的沙滩上。胖国王吓得腿都软了，他赶忙骑到了比尔比尔的身上，不过还是强装出一副无所畏惧的样子。

他们一到岸上，就被那些士兵团团围住了。英加没有忘记握住比尔比尔的角和林基廷克的胳膊，因为只有身体接触到，粉色珍珠的魔法才可以同样令他们受到保护，免遭侵害。布鲁勃显然并不相信他们有魔法，他不想再和痴人说梦的小家伙浪费时间，于是朝手下挥挥手，下令将他们擒住送往王宫，自己转过身大摇大摆地走开了。

三个士兵同时地率先冲向小王子他们，打算抢占头功。谁知他们却在距离英加五步远的地方停下来了，没人能继续前进——好像有一道无形的墙阻隔在他们之间，让他们无法接近目标。士兵们都很纳闷，于是接二连三地扑了上来，然而他们都无一例外地被挡住了。

就这样，英加带着伙伴们畅通无阻地朝里格斯城信步走去。刚才还战战兢兢的林基廷克看着士兵们丑态百出的滑稽样顿时变得信心十足，忍不住哈哈大笑，就连比尔比尔也露出了笑容。

布鲁勃还是头一回见识到这不寻常的魔法，他大惊失色，而他手下那帮虾兵蟹将更是吓得魂不守舍，不断后退，有几个干脆抱头鼠窜一溜烟逃回了城里。

布鲁勃忽然发出一声怒吼："全都是胆小鬼！就这两下就把你们吓成熊样了？都给我拿起武器冲上去！如果谁敢逃跑，我就把他送到山洞做奴隶！"

士兵们只好硬着头皮拿着刀枪棍棒排成一排阻挡住了英加的去路。布鲁勃在一旁发号施令，在英加距离他们不到一百米远时就开始投掷长矛，弓箭手也开始搭弓射箭。林基廷克看到枪林弹雨来势凶猛，顿时傻了眼，收住了笑声，心惊肉跳地紧紧抓着比尔比尔，闭上了眼睛，默默祈祷。

可有着粉色珍珠的保护，来再多的刀枪也无法伤害到他们，就连他们的衣服也碰不到。所有的武器在距离他们不到一米的地方都像碰到了什么屏障，发出"砰"的一声，然后笔直地落到了地上。

三个人仍然平安地站在原来的位置，布鲁勃震惊极了，要不是亲眼所见，他怎么也不会相信会有这样的事的。他颤抖着大喊："别害怕，兄弟们！不要停下来！大家一起上！"

在他的呼喊声中，手中还握有兵器的士兵们展开了一轮更凶猛的攻势，而此时闻讯从城里赶来增援的全副武装的士兵们也一起投入了战斗。越来越多的士兵从远处聚集过来，他们不知疲倦地拉开手中的长弓，向着三人射击，尽管锋利的箭雨劈头盖脸地从天而降，三个人仍然毫发无伤。

英加距离那些武士越来越近，大约只有十五米了。看着他们仿佛没有

止境的攻击，比尔比尔被激怒了，于是他低下头露出锋利的尖角，朝着那些士兵一个箭步冲了过去，横冲直撞，左一下、右一下，又是用角刺又是尥蹶子踢，一连撞翻了一个排。这突如其来的进攻把那些本来就心虚的士兵们吓破了胆子，彻底攻破了他们的心理防线——他们哀号着，掉头朝城里落荒而逃，地上全是被丢弃的盔甲和武器。

布鲁勃跑在队伍的最后面，比尔比尔瞧准时机，对着他的屁股猛地一顶，鲜血就涌了出来。那个大块头狼狈地滚翻在地，疼得放声大叫，捂着屁股一瘸一拐地飞奔回了城里，最后紧紧关上了城门。

比尔比尔大获全胜，得意扬扬，不过他的突然行动倒是苦了背上的林基廷克，好几次急停都差点把他甩下去，多亏他一直紧紧地搂着比尔比尔的脖子，弯着腰贴在他身上。

“太棒了，我们没动一根手指头就把他们解决了！”英加激动地欢呼。

这时胖国王才敢睁开眼，他难以置信地看着空荡荡的广场和一地狼藉的武器，一转眼又变得大喜过望、嘻嘻哈哈了。

看到了那些士兵的惨象，林基廷克非常开心，他像胜利者一样挥舞着双手大喊：“你们还敢说自己是最厉害的人吗？连我们三个手无寸铁的人都对付不了，还有脸说自己最厉害吗？来呀，来几个厉害的瞧瞧。”

所有的士兵都开始害怕了，因为他们从没见过这样的奇迹——难道真的有传说中的铜皮铁骨、刀枪不入吗？

英加开心地说道：“你看，我都说了没什么可怕的，就是这么简单，他们已经被我们打败了。”

“应该说是被我打败的，你们是没动一个手指，是我单枪匹马把他们打跑了。”比尔比尔不服气地说。

“你应该说是我们两个打败了他们，因为我还骑在你背上呢。”林基廷克笑嘻嘻地说，“不过下次攻击的时候记得告诉我，好让我先下来，我可不想拿生命开玩笑，功劳还是归你一个人吧。”

他们一路到达了城门口，再没有碰上一个人，因为所有的士兵都已经逃进了城，并且紧紧地锁住了大门。城墙上站满了手持刀枪的士兵，还有一排弓箭手正在朝他们瞄准。

布鲁勃急匆匆地来到戈斯国王面前向他禀告刚刚发生的不可思议的事情，说别看他们只有一个孩子一个胖国王和一头山羊，但是不管自己用了什么方法，都无法伤害他们，特别是那头山羊简直像是地狱的使者一样可怕，自己就是被他刺伤的。

戈斯国王看着那么个壮硕的大块头像个小猫崽一样吓得浑身乱颤，轻蔑地哼了一声，拍着桌子吹胡子瞪眼地骂他的士兵长官是个徒有其表的胆小鬼、窝囊废。他决定亲自出马去擒拿这几个不速之客。

林基廷克和比尔比尔不知道粉色珍珠的存在，他们觉得挤在一起很不舒服，于是要英加放开手，英加不得不向他们透露了一些内情，他告诉他们说："只有我们时刻抱成一团，彼此挨在一起，我的魔法才会保护每个人都不受伤害。"于是他们只能选择听话，因为他们也无法解释刚才的奇迹，所以更加确信英加身上有神奇的魔法。

他们才来到了城门前，戈斯国王便一声令下叫士兵们万箭齐发，天上黑压压一片。小王子走在前面开路，他毫无惧色地盯着密密麻麻的箭扑面而来。林基廷克虽然现在心里有了底，但是眼见着这些锋芒尖利的箭头还是难免捏了一把汗。

不过这些箭雨还像之前一样丝毫不能伤害他们，仍然是在半路就被弹到了地上，站在城门上的戈斯国王亲眼看到了这个场景，瞠目结舌，心凉了半截。虽然他很害怕，但还是继续找来更多的士兵和武器，侥幸指望靠着数量的优势取得胜利。

这场战斗持续了没多久，戈斯国王城里的兵器就被扔得一件不剩了，就连大些的石块都被扔出来了，那些士兵也个个筋疲力尽，又惊又怕地靠着城墙瘫倒了一片。而英加他们三个人还精神饱满地站在城门下，英加底气十足地朝城里的戈斯国王喊话，叫他快快打开城门投降。

平时耀武扬威、张扬跋扈的戈斯一下子没了锐气，瑟瑟缩缩地躲在城门里，无计可施，他的手下和他一样都是外强中干、欺软怕硬的人。还好他们的城门非常牢固，是纯铁浇铸的，有两层楼那么高，五个林基廷克那

么宽，闩门的实心铁闩比胳膊还粗，至少两个壮汉合力才能勉强抬起来，能够阻挡任何强大的攻势，戈斯只有靠它来阻挡英加他们了。

“我们必须进去才行，不过，这门看起来很坚固，比尔比尔，要不你试试，看能不能撞开它。”林基廷克认真地问道。

“胡说什么，那不等于是拿鸡蛋往石头上磕吗？”比尔比尔愤愤地说，“你怎么不去撞？”

“那还是算了，反正他们也伤不到我们，我们就在外边耗着跟他们比耐心吧。”林基廷克轻松地说。

英加没有答话，而是直接朝大门走去，他打算试一试自己能不能推开这道门。他咬咬牙仰头看着这堵高耸的大门，心中有些顾虑，狡猾的戈斯国王建的这道护城门可以说是坚不可摧的，不知道蓝色珍珠能不能给他足够的力气呢？

只见小王子走到门前，侧身靠着大门，用肩膀顶了一下，只听“吱嘎”一声，城门发出了响动，接着出现了一条缝隙，随着缝隙渐渐变宽，门闩慢慢弯曲——仿佛像橡胶材质一样柔软，接着，“哐当”一声，大门完完全全被打开了。

英加迈着自信的脚步，林基廷克耀武扬威地骑在比尔比尔背上，不紧不慢地朝着戈斯国王逼近，他们身上似乎散发着一股强大的力量，让戈斯几乎不能呼吸。戈斯完全被小王子的威力震慑住了——千军万马都无法攻破的城门在这个小孩子面前竟然像纸糊的一样脆弱不堪，这是何等强大的魔法啊！他自知作恶多端，担心小王子不会轻饶了自己，心中充满了绝望。

看着小王子越走越近，戈斯国王再也忍不住了，他发出一声刺耳的尖叫，然后疯狂地掉头朝克里格斯奔去，完全无暇顾及自己的手下了。那些士兵看主子都逃跑了，更是乱成了一盘散沙，也都推推搡搡地跟在国王身后仓皇逃命去了。

国王跌跌撞撞地跑到海边，跨过了浮桥，后面的士兵们挤作一团，抢着过桥，很多都被推进了海里，他们不敢上岸，只能游到对面。这些残兵败将刚踏上克里格斯，戈斯国王就下令赶紧撤掉了木板，指望靠海水暂时阻挡神通广大的敌人。

那些平日里欺压百姓的士兵和残忍霸道的国王统统被赶跑了，里格斯岛上的底层市民们都载歌载舞地欢庆起来，他们满怀欣喜地站在通往王宫的大道两侧，等着一睹征服者的风采。

第八章

林基廷克闯祸了

林基廷克骑在比尔比尔背上本来还心有余悸，不过他一看到街上夹道欢迎的百姓，顿时来了劲，精神抖擞，美滋滋地跟大家挥手打招呼。百姓们恭顺地低着头，他们常年饱受压迫都已经非常驯服——即便换了新主子他们也还是不图思变。

现在戈斯国王带着他的爪牙全部撤离了，里格斯岛上暂时安全了。而三位伙伴们不仅在战斗中平安无恙，而且还成了老百姓眼里的大英雄、救世主——这感觉实在妙不可言！胖国王心花怒放，在大家的注视下从怀中拿出一顶小小的亮闪闪的王冠，戴在光秃秃的头上，然后得意扬扬地放声大唱了起来：

“嗨！林基廷克国王的军队胜利了！
虽然这支军队看上去不堪一击，
可它力量惊人，不可小觑！
赶走了坏蛋戈斯和他的士兵，
打得他们溃不成军，丢盔弃甲，
我的军队英勇无敌，战无不胜！
我就是林基廷克！国王林基廷克！”

“你怎么好意思这么吹嘘？这明明是英加的功劳。”比尔比尔有些不满意林基廷克的自吹自擂，就提醒他说，“他比任何人都要勇敢。我们也都是靠他的魔法保护才保住了性命。”

“你说得没错，我的小乖乖。”林基廷克笑呵呵地解释，“俗话说雷声大雨点小，正因为我没有出力所以才要出声啊。小王子为人低调不爱张扬，可总得有人表功啊，所以这个差事就落在我的身上喽。再说，我要不这样说，这里的人们就会冷落我们的，那可不是好事。”

他们走到了戈斯的宫殿，这里非常宏伟壮观，比他们见过的任何一个王宫都要豪华，里面陈列着从各国掠夺来的奇珍异宝。英加理所当然地就成了这里的主人，他先命令管家为每个人准备了一个舒适的房间。宫殿里的房间有很多，每一间都很豪华气派。

不过林基廷克说：“我有一个建议，我们应该住在同一个房间，因为那个坏蛋国王随时都有可能回来！这样，彼此也好照应。一旦离开你，我可就失去了保护，不再是刀枪不入了。”

“你说得没错。”英加点了点头，这是个聪明的主意。于是他们挑了宫殿二层中最大的一间卧房，命人摆上了两张柔软的大床。比尔比尔不愿意和他们住在一起，他在三层选了个房间，侍从们很快给他割来了新鲜的嫩草，还做了一个松软的床垫。

到了晚上，皇家大厨师使出浑身解数为新主子们准备了一桌丰盛的佳肴。小王子和国王吃饭的时候，身边有四十多个侍从待命伺候着，这么大

的排场也只有戈斯国王能想得出来了。

林基廷克看着那么多香喷喷的饭菜欢呼着大吃特吃起来——他真是太久没吃到热腾腾的饭菜了，每一道菜他都吃得津津有味。看得出，大厨子手艺不错，而且确实花了不少心思。胖国王吃得甚是欢喜，于是叫人传来御厨，爽快地用餐刀割下袍子最下面一颗纯金纽扣赏赐给了厨师，“你做的饭菜非常可口，吃得我扣子都系不上了，哈哈——所以这扣子就送你吧，照这么吃下去，我得换身更宽松的袍子了。”林基廷克笑着说。

在戈斯国王的宫殿中，林基廷克重新过上了皇室锦衣玉食的日子，睡着舒适的大床，他马上把前几天那些个忧愁烦恼全都抛在了九霄云外，恢复了爱说笑的性格，一边吃一边给大家讲起了笑话。小王子胜利在望，心情也非常好，所以被胖国王逗得笑个不停。

谈笑间，林基廷克又问英加：“小家伙啊，你简直太厉害了，没费力气就打败了那个国王！刀剑都不能伤到你！而且你还突然变得力大无穷了，之前你把我救出水井还要靠比尔比尔帮忙呢。我真是太好奇了，到底是什么样的魔法呢？你从哪儿得到的呢？”

虽然这时已经安全了，但英加仍然不打算说出珍珠的秘密。他笑着说：“陛下，我现在还不能告诉你，我跟你讲过这是我们宾加里皇室的秘密。不过现在这魔法保护了你的安全，还让你好吃好喝，而且我保证救出我的父母就送您回吉尔加德，这样您还不满意吗？”

“满意，小家伙。”林基廷克笑笑说，“我不是那种不识趣的人。不过说真的，这魔法太了不起了，比山大的石头朝我砸来我都避开了，真是难以置信！”

“别开玩笑了。”英加笑了笑，“那石头最大也就像陛下的脑袋一般。哪来的山一样大呢？”

“真的吗？难道我是看错了？”林基廷克问。

“当然了。我看得千真万确！”小王子不容置疑地说。

“唉，不过那些家伙看起来真的很恐怖。”林基廷克叹了口气说，“这番经历倒使我想起那个汤姆的故事了。那还是我小时候我父亲讲给我听的。”

“那是个什么样的故事?”英加问道，他一向很喜欢听胖国王讲的那些有趣的话。

国王看有人捧场，便愉快地讲了起来：

“小汤姆在花园里左顾右盼，
忽然眼里飞进了一只虫，
汤姆可不知道那是一只虫，
他以为那又跳又叫的家伙是只小猫。
然而它越变越大越来越可怕，
汤姆以为它是头猪。
汤姆吓得拼命跑，
边跑边听它在叫，
叫声越来越大。
‘救命！是老虎！’汤姆吓得哇哇哭。
眼泪冲走了小飞虫，
汤姆这才看清楚——
原来不是猫不是虎，
是一只小小的果蝇。”

“没错，是这样！小飞虫就好像你看到的石头，你越怕越觉得它大。”英加笑着说。

吃过了晚饭，他们在侍从的带领下在这座高大的宫殿里查看了一番，很多劫掠来的财宝都被草草地堆放在房间里。然后他们回到房间准备睡觉了。

这一天过得真是惊心动魄而又精彩纷呈，伙伴们都累坏了。他们回到房间，插好门闩，便躺下了，等养足了精神他们明天一早还得去解救宾加里的父老乡亲呢。林基廷克的头刚沾到枕头就打起了鼾，英加不一会儿也沉沉地睡着了。

第二天，太阳刚刚升起，英加就迫不及待地醒来了，他再也无法忍受思念父母的煎熬了，迫切地渴望能尽快和他们团聚。英加披上外套，却突然发现左脚的鞋子怎么也找不到了——那里面还装着粉红色的珍珠呢！

英加顿时慌了神，他趴在地板上到处找了个仔细也没有看到那只鞋子，门闩还好好地插着，昨晚应该不会有人进来。小王子赶紧跑到林基廷克的床前，用力摇着他的肩膀，问他："林基廷克！醒一醒！快别睡了，你看到我左脚的鞋子了吗？"

"我怎么知道？"林基廷克迷糊地说，"你的鞋子不是应该穿在你的脚上吗？"

"我找不到它了。"英加着急地说，差点要哭出来了。

"那就再买一只吧！有什么了不起的。干吗为这种小事打扰我睡觉。"林基廷克不耐烦地说着，坐起身揉着眼睛。

过了半分钟，胖国王忽然说："你的鞋子可能被我用来赶猫了。"

"赶什么猫？猫在哪里？"英加大声问道。

林基廷克这会儿完全清醒了，他说："有一只烦人的猫，昨晚一直站在窗前，喵喵地叫个不听，让我完全无法安睡。我很生气，所以迷迷糊糊地从地上随手捡起什么就朝它丢了过去，把它给赶跑了。我当时困极了，也顾不上看那是什么了。现在，听你一说，我想我扔的就是你的鞋子。"

"完了！"英加绝望地叫着，"林基廷克！你怎么能这么粗心大意！你知道自己做了什么吗？你把我给毁了！也包括你自己——这下我们全得完蛋！那个魔法就被我藏在鞋子里，没有了鞋子我们就不能刀枪不入了！现在我们根本无法跟敌人抗衡了，万一他们杀回来我们只能乖乖束手就擒。"

小王子激动得有点语无伦次了。他索性一股脑把魔珠的秘密全都和盘托出了。胖国王听完非常吃惊，他知道自己铸成了大错，红着脸不知所措地站着，"这么重要的事你真应该早点儿告诉我，英加！而且，那么重要的宝贝为什么要藏在鞋子里？就算是你要放到鞋子里也不应该把它脱掉啊！我是你忠实的朋友，你要是早些告诉我这个秘密，我肯定不会拿它去打一只猫的。"

英加知道这件事情确实也不能全怪林基廷克，他昏昏沉沉地坐在床上，像个泄了气的皮球，觉得天都要塌了。

看着英加那可怜的模样，林基廷克也非常焦急，忽然他一拍脑袋大喊道："快，去花园看看，没准鞋子还在外边。"

"你说得没错！"英加立刻跳了起来，光着脚丫飞奔下楼梯来到了宫殿外边。他们的窗户对着风景优美的御花园，被丢出来的鞋子应该是掉在这里无疑，现在还是清晨，不会有几个人进出御花园，所以鞋子八成还在那里。

他们以窗下为圆心，仔细地找遍了方圆一百米以内的每一个角落——林基廷克的臂力再大也扔不出去五十米。他们甚至连草丛、树洞里都翻遍了，可那么大一个目标就是死活找不到。

"看来没希望了！大概是被人捡走了。"他们找了一个钟头，小王子直起腰沮丧地说，"恐怕是有人在我们睡觉的时候路过这里捡到了这只宝贵的鞋子，现在只有祈祷他没有发现鞋子里的秘密了，不然我们的境况会更糟。如今我们失去了保平安的粉红色珍珠，一言一行都要非常谨慎，切不可让第三个人知道这件事情。好在我还有蓝色的珍珠，要想把我的父母救出来就全靠它了。

林基廷克忽然想起了什么，担心地问道："另一只鞋子在房间里不会丢吧？我看你还是赶紧回去把它穿上再说吧。"

"当然。"小王子说着赶紧跑回了刚才的卧室。

当他们再次回到房间的时候，心中猛地一惊，生出了一种不祥的预感。房间的门大敞大开着，散乱的被褥已经被叠好铺平了，房间里还有一位老妇人正在擦拭着窗台——地板上空空如也，什么也没有。

英加扑过去抓住老妇人，问她："你有没有看到我的鞋子？"

老人很久没有回答，只是呆呆地看着他，因为她的年纪实在是太大了，反应迟钝，又有些耳背。

"你有没有看到一只鞋子？"英加连比带画地吼道。

"哦——你说——有一只鞋子？"过了半天，老太太才慢吞吞地开了口，

“你说的是——门口那只古怪的鞋子？”

“就是它！它现在在哪儿？快点告诉我在哪！”英加发疯般地吼道。

“哎哟——我把它丢进垃圾箱了。”老人指着后面继续慢悠悠地说，“单只的鞋子不成双，就没用了，我就扔了——真是怪人，要它做什么呢——在后门——”

小王子一路飞奔找到了垃圾桶，胖国王在后面连跑带颠地跟了上来。他们的心都悬在嗓子眼里，把整个垃圾桶都倒了出来，忍着气味在里面仔细翻查，可装着蓝色珍珠的那只鞋子彻底没了踪影。

“我们彻底完了。”英加失声哭了出来，没有了珍珠，他就是一个普通人了，“我再也见不到我的父母了，要是敌人杀回来我们也得被变成奴隶。”

林基廷克很紧张地干咳了一声，低声劝小王子说：“今天真是太不凑巧了，祸不单行啊！就这么会儿工夫想必谁刚巧从这里路过，顺手带走了鞋子。不过可以肯定的是拿到鞋子的不是国王那帮坏蛋，而且没人知道鞋子里有魔法，也不会用它来对付我们。现在的关键是我们自己不能乱了方寸，我们依靠自己的智慧或许能想出办法摆脱困境。”

英加默默擦干眼泪，忍痛回到了房间里，他这次变得谨慎多了，关好了所有的门窗，还拉上了窗帘，生怕失去魔法的消息会被人知道。然后英加小心翼翼地从怀里拿出白色珍珠，小声问：“另外两颗珍珠丢了，我该怎么办？”

“保守秘密。”白色珍珠很快回答，“你要沉住气，不要让别人知道你丢了珍珠，这样你的敌人因为不知情，所以仍会害怕你，你们暂时就不必担心安全问题。”

英加和林基廷克当即决定，无论如何也不能走漏任何风声。英加随即找来侍从，很快定做了一双漂亮合脚的鞋子，又很快定做了一双和丢失的鞋子相同的鞋子，然后在林基廷克的陪同下一起去街上视察。

他们虽然很心虚，但依旧装作威风凛凛的样子。百姓们看见他们无不毕恭毕敬地鞠躬行礼，他们并不知道新主子是否会像戈斯国王那样残暴无道，不过看起来这个年轻的小伙子和笑容满面的胖国王虽然威力大得令人

畏惧，但都不像是坏人。

英加失去了魔法，只好把去救父母的计划搁置了下来，他不敢擅自闯入森林深处的矿井，因为据说那里非常凶险，很多人都是有去无回，而且恐怕还有一些士兵留在那里把守。所以小王子决定先着手对里格斯进行治理，重新制定法令规定，让底层的百姓也能过上安定舒心的生活。

而戈斯国王逃到克里格斯后一直想着有朝一日能重返自己的国家，重新在那片土地上作威作福。他三天两头都要派奸细乘着小艇去里格斯探听消息。一连几日，回报的探子都说英加并没有急着去解救自己的父母和百姓，也没有打道回府的意思，这令戈斯大惑不解。当他听说英加和胖国王成为里格斯的统治者，并受到了所有人的爱戴时，真是大发雷霆、恼羞成怒，可他已经被神勇无敌的对手吓破了胆，暂时没有反击的念头，而且他的手下也对英加闻风丧胆，根本不敢回里格斯。不过，要是不夺回自己的岛屿，只能在自己妻子的地盘上忍气吞声了——戈斯可受不了这种羞辱。

第九章

珍贵的礼物

就在宾加里小王子和胖国王住进戈斯宫殿的第一个清晨，他们还沉浸在睡梦之中，太阳还没有升起来，一大早就有一个人背着斧头和木柴打算穿过王宫回森林深处的家。他叫尼克，是个卖炭人，每天靠着砍柴、烧炭养家糊口，日子过得非常清贫却也平顺温馨，因为他没有那么多欲望和奢求，所以幸福感十足。

尼克昨天在城里做生意，自然听说了小王子四两拨千斤大获全胜的消息，他一边走一边低头寻思着他怎么会有那么大的本事，这本事又是怎么来的。忽然，他的视线被不远处草坪上一只漂亮的红色鞋子吸引住了，亮丽的红色在绿草的映

衬下显得格外出挑。虽然只有一只，但尼克实在不忍心看着这样一件精美的作品被孤零零地遗弃，所以他爱怜地捡起鞋子装进了上衣口袋里。

尼克继续绕着宫殿行走，他很快来到了宫殿的后门，那里连接着通往森林矿井的小路。他的双眼不经意地瞟过身边的垃圾桶，竟然看到另一只鞋子正端端正正地站在垃圾的顶端呢。穷苦的卖炭人大喜过望，赶紧把那只鞋也装进了口袋，他美滋滋地想：今天真是太走运了！竟然捡到一双这么好的鞋子，而且这个大小我的乖女儿肯定穿得下，我还是头一次给她带回这么体面的礼物呢，她一定会非常开心的！

这位老实本分的卖炭人哪里晓得，与此同时，英加和林基廷克正在御花园里焦急地苦苦搜索这双鞋子呢。而英加他们也不会想到他们的宝贝已经被人装进口袋带进了森林。

尼克的脑海中想象着小女儿收到礼物欢呼雀跃的样子，心中非常激动，脚步也越来越轻快。他急着快点回家带给女儿这个惊喜，于是决定抄小路，即便是这样也还有六七公里的路要走。不过尼克习惯了在家和王宫之间往来，这点路程对他来说不算什么。

王宫后面的这片森林阴森恐怖、险象环生，除非是万不得已否则很少有人进入，只有戈斯国王派到矿井去的监工和守卫士兵开辟的一条小路上相对安全，即便如此也常常有人遭遇不测，至于其他地方更是猛兽出没的原始森林，一般人一旦进去就凶多吉少了。

尽管如此，尼克却从不畏惧，他家祖祖辈辈都生活在森林里，家也安在森林深处，所以对森林里的环境了如指掌。传说在这片森林的中心地带住着一个极其恐怖的千年怪兽，叫作巨龙考根，它面容丑陋可憎，性情暴躁。它的皮肤上盖着一层比钢铁还要坚硬的鳞片，无论多么锋利的兵器都无法伤到它。它还长着一张血盆大口，里面有两排锋利尖锐的牙齿，一口可以吞掉一整头成年的雄狮，随着每增长一岁体形就会变得更庞大，胃口也变得更大。

据说这头巨龙诞生自开天辟地之时，年龄比里格斯岛还要大。很久以前，里格斯还是一片荒芜之地，到处都是飞龙，不过自从偏爱以飞龙为食

的考根来到这里之后，它们很快就绝迹了。不仅仅是飞龙，深潭泥沼里曾经聚集的巨蛇和鳄鱼也都成了它肚子里的美餐。

里格斯的百姓都非常害怕巨龙考根，因为只要遇到它，就根本没有生还的可能，不过卖炭人尼克认为这只是人们的以讹传讹，因为他在森林中生活了几十年，见过各种奇异的走兽却从未见过巨龙的身影。而且尼克非常幸运，虽然每天都在森林里活动，他却很少遭到野兽的袭击，即便是遇到每次也都能侥幸逃脱。

离温馨的小木屋只有不到三公里了，尼克吹着欢快的口哨快步前进，丝毫不在意森林里的重重阴气和盘错的荆棘虬枝。忽然，一阵阴风刮来，飞沙走石模糊了他的视线，他听到身后传来了噼里啪啦的摧断树干的声音，紧接着沉重的脚步声、呼吸声渐渐逼近，大地震颤得越来越厉害，周边的树木沙沙作响、瑟瑟发抖。

尼克猛地回过头，只听一声震耳欲聋的咆哮响起——传说中那只可怕的巨龙考根——一只异常狰狞的庞然大兽，正张着血盆大口朝自己扑来，它正是传说中的那个怪兽！

它比传闻中的模样更加可怕，拍打着宽大的黑色翅膀，口中喷着恶臭的气体能直接把人熏死。走投无路的尼克吓得不知所措，浑身发抖，紧紧握住了手中的斧头。巨龙马上要咬到尼克了，他可以清楚地看到它锋利的牙齿，自知难逃一死，尼克脑中一片空白，闭上眼睛，抓起斧头就是一通乱劈。

他感到斧子碰到了什么东西，接着听到了一声哀号，然后一滴冷冰冰、黏糊糊的液体滴到了他的身上。他睁眼一看，那怪兽鲜红的舌头竟然被他砍成两截了！尼克被自己的本领惊呆了，他当然不知道此时自己口袋中有两颗神珠保佑，帮他抵挡住了巨龙的攻击，又给了他万夫莫当的力量。

巨龙考根暴跳如雷、张牙舞爪地向尼克发动了攻击，尼克也勇敢地挥舞着斧头迎了上去，这一次又砍掉了巨龙的下颚，考根接连发出了几声惊天动地的咆哮。尼克感到全身热血沸腾，来了精神，脱掉身上的衣服抡起斧头准备结果了这头为祸一方的怪兽。

谁知这一回他的斧头落在巨龙那坚如盔甲的鳞片上，“咣当”一声就弹开了，斧口也立马钝了。这下尼克傻了眼，丢下斧头，捡起衣服撒腿就跑。不过巨龙两步就追上他，挡住了他的去路。

巨龙伸出巨大的爪子朝尼克拍了过来，尼克知道自己这次真是在劫难逃了。谁知奇迹又一次发生了，那爪子停在离尼克还有半米的空中不动了，怪物看起来也非常惊讶，它手脚并用地企图攻击尼克，却始终无法碰到尼克的身子，巨龙气得七窍生烟，它那滑稽的模样惹得尼克忍不住哈哈大笑起来。

尼克不紧不慢地把衣服穿好，这时，鞋子里的珍珠又开始发挥作用了。尼克看巨龙奈何不了自己，于是壮着胆子朝巨龙发动了攻击，交手几个回合之后，尼克就赤手空拳地杀死了这个令人闻风丧胆的恶魔，还用钝了的斧头把它大卸八块除掉了后患。

“天啊！没想到这吃人的怪兽竟然如此不堪一击！我还是头一次知道自己身体里潜藏着这么大的力量，真是太厉害了。”尼克自豪地想着，不过唯一有点遗憾的是没人亲眼见证到自己的这一壮举。

之后，尼克非常顺利地来到了他简陋却温馨的小木屋前，此时日头已经升到了头顶。“我回来了！”尼克在门口开心地大叫着。

他的女儿扎拉飞快地跑出来迎接他，妻子也来到了门口。“我有天大的好消息要告诉你们！今天我杀死了恶魔巨龙考根！”

他的妻子和女儿连忙把尼克迎进家里，让他在椅子上坐着，扎拉给他倒了一杯水，尼克一口气喝光水，然后把他刚才惊心动魄的经历给她们详细地讲了一遍，手还不停比画，他的妻子和女儿又震惊又崇拜地盯着他。

然后尼克还轻描淡写地把城里的政变告诉了妻女，告诉他们戈斯国王被一个叫英加的小王子赶跑了。

接着他把扎拉唤到身边，从口袋里掏出那双红鞋子，对女儿说：“看我给你带来了什么礼物，我想你一定会喜欢的。”

扎拉接过红色鞋子，如获至宝地捧在手中，细细端详。她从来没见过这么漂亮的一双鞋子，漂亮的红色，尖尖上翘的鞋头，而且几乎还是全新

的！小姑娘激动得紧紧搂住爸爸的脖子，在他满是胡茬的脸上亲了又亲。

然后她把那双鞋子套在脚上——不大不小刚刚合适！她欢呼雀跃地在小木屋里载歌载舞。扎拉从小到大还是第一次有一双属于自己的鞋子，她一直以来都是打着赤脚在森林里穿行的。因为他们实在是太贫穷了，吃都吃不饱，哪还舍得花钱去买鞋呢——所以这个礼物对她来说实在是太珍贵了。

整个下午扎拉都惦记着那双漂亮的鞋子，她帮妈妈做家务的时候都有点儿心不在焉。至于什么巨龙考根被父亲杀掉了，小王子打败了坏国王，这些对她来说都是无关紧要的。对于这个穷苦的小姑娘来说，得到了一双漂亮的新鞋子才是最大的好消息。

平时扎拉除了做家务就是帮妈妈去森林里采蜂蜜。他们一家人除了靠尼克卖炭火维持生计，还要靠卖蜂蜜来补贴家用——里格斯的野蜂蜜口味香醇是出了名的，但是这东西采集起来很是不易。森林里有很多空心树干，野蜂们喜欢把巢建在里面，要采蜜不仅得冒着被野蜂叮咬的风险，还得提防着森林里的那些猛兽偷袭，搞不好是要送命的，不过穷苦人家也没有更好的出路了。

第二天一大早，扎拉就迫不及待地穿上自己的新鞋子和母亲一起去采蜜了，她们各拎着一只铁皮罐子用来盛放蜂蜜。森林的地面上到处都是散乱的树枝，非常扎脚，以往扎拉光着脚都要非常小心地在上面走，即便如此也难免会割破皮肤，有了鞋子扎拉走起路来就轻松多了。她一蹦一跳地跟在母亲身后，她们没走多远就来到一棵很粗壮的枯树旁，大树上有个很大的洞，树干都被蛀空了，扎拉的母亲很有经验，她一眼就判断出里面一定有蜂窝。母女二人小心翼翼地走过去观察了一番，看起来野蜂们正在巢里休息，于是她们从背包取出一把长柄勺子，把胳膊伸进树洞里一点一点从蜂巢里舀蜜。

扎拉一连舀了两勺蜜，突然听到身旁的妈妈发出一声尖叫："快跑！蜜蜂出来了！"然后她远远地跑开了。

等扎拉回过神来，无数的蜜蜂已经将她层层围住了，愤怒的野蜂们盯

着这个偷蜜的贼，打算狠狠惩罚她一下。

扎拉听着耳边响起嗡嗡的声音，心里充满了恐惧。然而现在逃跑已经来不及了，所以她只好蹲下身把脸藏进胳膊里，听天由命。成群结队的蜜蜂朝扎拉发动了攻击，然而飞到她的身边时却发现，有一股神奇的力量将它们阻挡在外，甚至不能触碰到她的衣服！不管蜜蜂怎样往她身上飞，就是无法靠近她的身体。

扎拉在恐惧中等了大约半分钟，可令她纳闷的是身上竟然一点儿疼痛感也没有，耳边的蜜蜂还在嘤嘤嗡嗡地吵嚷，她怯生生地抬起头，看到那些蜜蜂在不懈地撅着屁股想要刺她，但是它们似乎被什么挡住了，怎么也无法靠近她。

扎拉这下可乐开了花，这真是天下少有的奇闻。既然蜜蜂伤不到自己，扎拉就放开了胆子，拿起手中的勺子伸进洞口大模大样地舀起了蜂蜜，那些蜜蜂围在她身边急得嗡嗡叫个不停，也只能眼巴巴地看着自己的劳动成果被小姑娘一扫而光。不一会儿，扎拉就把手中的铁皮桶装满了，然后她拎着满满的收获，开心地回到了家中。

扎拉的妈妈早就回家了，她正坐在椅子上伤心哭泣呢，她真是替自己的宝贝女儿难过——被那么多蜜蜂袭击就算是逃过一死也得面目全非不成人样了，可她也救不了自己苦命的女儿啊。当这个善良的妇人看到扎拉毫发无伤、神气活现地站在跟前时惊讶地发出了尖叫。

扎拉安慰了母亲，然后二人又拎着小桶出去采蜜了。每当看到有蜜蜂出动，扎拉的母亲都会躲得远远的，而扎拉则像个没事儿人一样继续采蜜，今天可真是奇怪，那些蜜蜂就是碰不到扎拉一根汗毛。扎拉乐滋滋地越干越来劲，很快又用香甜的蜂蜜装满了两个小桶。

她就这样一直干到了下午，家里大大小小的桶里都装满了蜂蜜。晚饭时，她的母亲若有所思地说："今天我们的运气实在是太好了。采到的蜜足够科尔女王吃上一年的了。"原来那个科尔女王喜欢吃蜂蜜，蜂蜜是她餐桌上必备的佐餐之物，而她最中意的就是里格斯森林产的野蜂蜜，她每年都会跟尼克一家订一大桶蜂蜜，给的报酬也很是可观。

“那可不是。”扎拉得意地说，“往年我们给她送一桶她总说不够，今年我们可以给她送两桶啦。我打赌，她肯定不会吝啬，会给个好价钱的。”

“不过最好快点去给她送货。那个叫英加的小王子说不好哪天又不安分，冒出攻打克里格斯的主意，那可就坏了我们的大事了。”扎拉的母亲担忧地说，然后他又转身看看正在吃饭的丈夫，“尼克，我说得在理吧？”

卖炭人并没有反对，毕竟，对他们这种朝不保夕的贫困户来说，难得的赚钱机会确实不容有失。

“那我明天就出发吧。”扎拉果断地说。

第十章

诡计多端的女王

戈斯国王带着他手下的那些士兵在科尔女王的小岛上避难，虽说是寄人篱下，他们那横行霸道又爱惹是生非的本性还是丝毫不知收敛。科尔女王本来就不是个大度的人，看着那么多大男人成天在自己的国家白吃白喝，为祸百姓，心中甚是不满。没过几天就忍不住数落起自己的丈夫来。

“你真是个废物！竟然会害怕一个孩子！还有那个皮球似的国王。不觉得害臊吗？我都替你丢脸。是男人现在就应该回去和他们好好打一架，夺回自己的家园！成天在这里当缩头乌龟干什么？”女王尖刻地说道。

“你真是站着说话不腰疼，他们身上有魔法知道吗？我们这肉体凡胎的怎么斗得过魔法？”戈斯国王没好气地说，“你别看那个王子只是个孩子，力量却大得惊人，而且刀枪不入。你是没有看到，那么坚固的城门他轻轻一碰就推开了！要不是我们逃得快，落在他手里肯定就被打得粉身碎骨了。”

“一派胡言，哪有那么厉害的魔法，不过是你胆子太小罢了！”女王轻蔑地说。

“我胆子小？笑话！我曾经身经百战，什么世面没见过。本王在沙场上面对敌人的刀光剑影面不改色，杀死的人不计其数，这四海八荒谁听到我戈斯的大名都要吓得发抖。我的胆量没人能比，但我可不是个白白送死的莽夫，那个孩子的魔法确实不是一般人可以对抗的，跟他较量是去送死，那不算有胆量，而是没脑子。”戈斯声嘶力竭地争辩着。

“明刀易躲暗箭难防，我们可以攻其不备啊。”女王转了转那贼溜溜的眼珠子说，“要我说，你们等到天黑的时候再偷偷溜进去，趁他还在睡大觉，把他给绑了或者杀了！”

“这肯定不行。”戈斯国王摇着头说，“他有魔法保护，任何人、任何兵器都碰不到他的身体。”

“哪有那么邪乎？难道胖国王和山羊也有魔法吗？”女王满腹疑惑地问。

“大概不是，我想应该是那个孩子的魔法在保护他们。”国王无奈地说，“不管怎么攻击，他们都伤不到一丝一毫。那个胖子看起来一点儿攻击力都没有，不过那只山羊不知道什么来头，异常勇猛，而且头上的角比我们的长矛还要坚硬。”

“哼，一只山羊算什么。”女王说着动起了脑筋，“你这个没用的家伙，说来说去还是得让我亲自出马帮你摆平。我来想个计策吧，就算魔法再厉害，他也不过是个孩子，凭他的智商不可能逃出我设下的圈套。啊哈哈哈——你就等着瞧吧。”

国王也哈哈大笑了起来，声音充满了讽刺的腔调。“我不会阻止你的，要是你被他们变成了奴隶，吊起来毒打我也不会救你的，到时候没人能救得了你，你只能自求多福喽。你这个女人也太自以为是了，也罢，就让那个孩子好好教训你一顿吧。”

“我和你们不一样，只有没头没脑的粗人才干得出临阵逃跑的事来。”女王冷冷地说。

虽然嘴上逞强，可科尔女王的胆量远没有她的坏心眼儿多，她心中也一直在犯嘀咕，担心小王子没那么好对付。所以她一整夜都辗转难眠，翻来覆去地思考着究竟该怎么对付英加他们。她得想一个万无一失的计策，如果打不过英加至少得给自己留条后路，否则就真的只能让戈斯国王看笑话了。

虽然没有亲眼见过小王子的本事，但是这么多年来还是第一次有人能把戈斯国王吓破了胆，而且那些素来所向披靡的士兵们个个都在讲那个小家伙的本事，就连胆识过人的布鲁勃将军所言都和他们如出一辙——这足以说明那个小王子的魔法不可小觑。

但是科尔女王知道只有帮戈斯夺回里格斯岛，她才能把那帮不受欢迎的寄宿客从自己的国土上清理出去。所以她决心无论如何也要试一试。女王想来想去，觉得硬碰硬肯定是不行——自己的战斗力比戈斯国王要差远了，但是比心机她要是称第二全世界就没人敢称第一，何况对手还是个涉世未深的娃娃，所以她决定先接近小王子，然后寻找机会依靠智取将其制服。

女王为了整个计划绞尽脑汁。此时，她还不知道小王子已经失去珍珠的保护了，还理所应当地认为自己面临着一个非常强大的对手呢。不过要是早点知道真相，她那些阴谋诡计也就无用武之地了。

第二天清早，科尔女王坐上一艘小船朝里格斯岛划去。她只带了四个水手，他们同时又是武功高强的贴身侍卫。狡猾的女王不想发动战争，如果带着兵马无疑会引起小王子的戒备，那样和他套近乎就难上加难了，她的计划也就没办法进一步开展了。

那天早上，英加和林基廷克用完早饭，正在大殿里下跳棋，侍从忽然慌慌张张地跑过来禀报：“克里格斯的科尔女王前来求见！她还说她是慕名而来，希望您不要拒绝。”

英加心中一惊，皱起了眉头。他早就听说那个女人心狠手辣，绝非善类，如今自己没有了珍珠的保护，自然很不情愿见她。可转念一想，女王还不知道他丢失了魔法，不能让她察觉出任何端倪，所以还是得接见她。何况英加听说女王只带了四个随从，肯定不是来打仗的，所以稍稍放心了一些。

英加强打精神，威严地坐在皇座上，科尔女王垂着头，毕恭毕敬地站到他跟前，先是行了个跪礼，低眉顺眼地说了一大堆好听的话恭维英加，吹捧他年少有为，英勇神武。

英加很反感她惺惺作态的样子，但是看她没有什么敌意，便渐渐放松了警惕，叫她平身说话。科尔女王虽然是一介女流，可论胆色论体格都不输给男子，她的个子在男人里也算中等偏上，皮肤黝黑，四肢健硕有力。

她的相貌也没有一点儿女人味，面部线条非常生硬，乌黑的头发像钢丝般硬挺，圆溜溜的黑眼珠子在深陷的眼眶里来回打转，眼神游移不定，看起来就知道心术不正。每次只要在酝酿什么阴谋，她都会弯起双眼，露出惺惺作态的笑容——她是个惯于用微笑迷惑对手的蛇蝎心肠的女人。

“高贵的宾加里王子，我是专程来向您道歉的。”科尔女王捏着嗓子矫揉造作地说，“您的威武大名如雷贯耳，我真是敬仰万分。如果承蒙您不弃，我希望可以成为您的朋友，我自知不是您的对手，希望您能放我们一马，咱们和平共处，相安无事。”

英加对眼前这位女王一点儿好感也没有，尤其是她那可怕的长相，多看一眼，都觉得腿肚子在打战，而她那笑里藏刀的表情和虚伪浮夸的言语更是让他心里发毛。小家伙并不会掩饰自己的感受，但对方来求和他自然是求之不得的，英加想了一会儿，开口说：“女王陛下，你如果没做错什么，我当然不会给你找麻烦。我只想救出我的父母和国民，他们被戈斯抓起来非法奴役了。另外我希望你能如数奉还戈斯从我们岛上夺走的一切财产。我的要求并不过分，如果你愿意帮我这个忙，我们就是朋友。”

科尔女王一直低着头，但偷偷用眼角打量着小王子，她得意地想：英加只是个孩子，看起来那么柔弱，真要打起来，我一只手就能收拾他了。而且听口气他不像是有那么大本事的人，不然救出那些奴隶的事对他来说轻而易举，干吗还要求我帮忙呢？看来戈斯和他那帮士兵恐怕是被这小子的架子给蒙蔽了。

女王前思后想，觉得还没有十足的把握，还是不敢轻举妄动，所以她一边察言观色一边继续好言好语地跟小王子套近乎。

“请给我个机会表示诚意吧，尊敬的王子殿下。我邀请您来克里格斯做客，我们会专门为二位举行一场隆重的欢迎宴会的！”科尔女王一边亲切地说着一边朝小王子靠近，“我们的百姓都期待着能一睹二位的尊荣呢。等到宴会上我们一边吃一边商量条件，不知您意下如何？”

“对不起，陛下的美意我心领了，但是我不能去，因为我的父母还在水深火热之中，我怎么能自己享乐呢？”小王子说。

“你再想想，我们那里有很多好玩的东西，美酒、美食、歌舞、游戏、烟火……相信你会喜欢的。”女王继续恳求。

“不行，我要先救出我的父母。”英加叹了口气说。

“没有商量的余地了吗？”女王又问了一遍，此时她已经来到了英加跟前。突然，那个虎背熊腰的女人猛地伸出了手臂，紧紧勒住了毫无防备的小王子！英加被偷袭弄了个措手不及，他和女王比起来个子小太多了，又没有魔珠的保护，全然没有招架之力。

这可吓坏了林基廷克，他跳起来想要帮助英加，可女王抬起脚猛地踹到了他那松软的肚子上，胖国王倒在地上疼得直打滚！

“来人，快来把他绑起来！”女王尖叫着，那四个贴身侍卫冲上来七手八脚就把小王子绑了个结实，然后又拽起躺在地上的林基廷克把他也给捆住了。

科尔女王没想到自己的计划进行得如此顺利，她得意地放声大笑，然后带着两个俘虏雄赳赳气昂昂地坐上小船打道回府了。

戈斯国王和那些士兵们一个个都惊得目瞪口呆，他们眼见着把自己打得狼狈逃窜的小勇士被一个女人生擒活捉，心里虽然很不是滋味，但还是恬不知耻地欢呼喝彩起来，他们对两个俘虏辱骂、挖苦，乐得看小王子的笑话。有些人拥上去打算对他们拳脚相向，一雪前耻，不过他们马上被科

尔女王喝止住了。

“你们这些废物！都给我住手！”女王喊道，“他们是我的俘虏，除了我谁都不许碰他们！”

“嘿，科尔，你打算怎么处置他们？”戈斯试探地问，“我建议你把他们杀掉免除后患。这种小事我可以代劳。”

“省省吧，谁不知道你那点小算盘。”女王瞪着他说，“我自有我的打算，他们现在是我的奴隶了，我不但不怕他们，还打算把他们留在身边伺候我。别看他把你们这些大老粗唬得丢了魂，但我看他不过是个温文尔雅的孩子罢了，比你们这些没规没矩的匹夫要讨人喜欢多了。”

戈斯国王被羞辱得无地自容，他这段时间没少受女王的白眼，不过他皱着眉头没再说什么。好在里格斯总算是重新回到了自己手上，他自知没趣，召集那些败军之将搭好浮桥，灰溜溜地撤回他们的里格斯继续作威作福去了。

等千军万马都撤出了克里格斯，女王回到宫中坐在椅子上得意地独享胜利的喜悦，她不怀好意地审视着英加和林基廷克。小王子因为中计被抓，情绪很低落，他不但救不了父母，自己反而也失去了自由，想到这里他难过地红了眼眶。

不过刚才白色珍珠在他的耳边悄悄说道：“一定要忍耐，不要害怕，要相信好运很快会来临的。”它的话让英加再次充满了力量，鼓起勇气准备坦然地承受一切磨难。

“嗯，小伙子，我打算放你一马，知道为什么吗？就因为你把我那自视甚高的丈夫耍得团团转，让他在我面前丢了脸。”那个坏女人沾沾自喜地说，“所以你可以不必去干那些粗活，不过我要你给我当仆人，听我的吩咐、伺候我，对我的任何命令都要马上执行，不许有任何迟疑，也不许有疑问。事先警告你，我的脾气可是很大的，一旦发起火来，就要用鞭子抽人，到时候把你那白净的骨肉打得皮开肉绽，我可不会心疼哦。听懂了吗？”

英加默默点了点头，没有说话。

接着女王对林基廷克说：“你这个胖子！一看就不会干活，就是个废物。

我看你唯一的用处就是当个针插子。”

“什么！那可不行！我可是个国王！”林基廷克怕得全身发抖，尖叫着反驳，“你不能把针插在我身上！”

“你就认了吧，谁叫你长那么胖就像个针插子呢。”女王奸笑着说，她就喜欢逗弄胖子，看林基廷克瑟瑟发抖的样子心里别提多欢喜了。

“对了胖子，你怕痒吗？”女王忽然问。

林基廷克最怕的就是痒了，他难过地垂下头去，不敢说话。

女王一看心里就有了数，她得意地仰天大笑起来，笑了一会儿说：“快点把你的鞋子脱下来，我要用羽毛挠你的脚心，我最喜欢折磨胖子了，我想你的笑声一定会非常动听的，啊哈哈哈哈……”

“请别这样做！陛下。”林基廷克苦苦哀求，“我还有很多办法能给您带来欢乐，我可以唱歌、跳舞，还会讲笑话！”

“嗯，那你就唱首歌给我听吧！”女王今天心情大好，所以爽快地答应了林基廷克的请求，“唱支快活的歌，别哭丧着个脸，小心惹我不开心。”

“我的歌很有趣的，保证您听了开心。”林基廷克一边抽泣一边惶恐地说着，他生怕女王反悔又拿羽毛来挠他的脚，“我现在心里也很快活呢，真的，我是在开心地哭泣。”

“别啰唆了，赶紧唱吧。”女王命令道。然后，她开始舒心地享受起来。

林基廷克咳嗽了一声，克制着心中的恐惧和不安情绪，放声唱了起来：

“喂！
动物园里有一只可爱的小老虎，
它呜吼——呜吼叫不停。
人们觉得它很温驯，
呜吼——呜吼的小老虎。”

林基廷克越唱越来了兴致，胆子放大了，声音也越来越洪亮。

“喂！
人们摸摸它的脑袋晃晃它的爪子，
它啃完骨头呜吼——呜吼地唱起了歌。
小老虎长得飞快，不久就变成了大老虎，
呜吼——呜吼，它的叫声那样可怕。
喂！
人们又去逗弄这只大老虎，
它却呜吼——呜吼张牙舞爪开始反抗，
冲破笼子逃进了森林，
呜吼——呜吼，这就是江山易改本性难移！”

一曲终了，胖国王神气活现地看着女王。

“你这曲子怕是意味深长吧？”女王问道。

“这个的意思就是提醒大家，不要逗弄老虎。”林基廷克笑着说，顺便朝小王子眨了个眼。

英加被这机智的回答逗得捂着嘴偷偷乐，女王却不高兴地瞪着林基廷克看，“你说得也没错，老虎可不是小猫，我会记着你的警告的。”

女王这样说着，她心中忽然又有些担心了，毕竟所有人都看到英加曾经施展过神奇的魔法，他哪天会不会突然恢复了神力呢？想到这里，女王可没心思享乐了，她觉得还是得把小王子看严点儿为妙。

第十一章

前往克里格斯

卖炭人尼克家的小木屋隐藏在森林深处，离矿井只有大约两三公里远，步行半小时就能走上通往矿井的那条小路。小屋四周不仅长满了各种稀奇古怪的植物，而且荆棘丛生，常有野兽出没，偶尔还会有戈斯的巡逻兵经过。

不过由于尼克一家安安分分，从不去招惹谁，所以那些野兽们似乎也很通人性，也很少去打扰他们的生活。尽管他们每晚都是伴随着野兽骇人的嚎叫声入睡的，甚至还能听到野兽在门口徘徊，不过白天的时候它们会尽量避免跟人类狭路相逢，所以大家过着相安无事的生活。

尽管如此尼克也总是叮嘱妻子和女儿千万不要到离家一公里以外的地方去游荡，

因为谁也不敢保证一定碰不到野兽，万一出了危险她们两个肯定连逃命的机会都没有。

不过今天扎拉不得不出一趟远门了——她要去克里格斯的王宫里送蜂蜜，这无疑是铤而走险。尼克对宝贝女儿千叮咛万嘱咐，让她快去快回，不要在外面逗留。

太阳刚刚升起，扎拉就做好了出发的准备，虽然她已经不是第一次去送蜂蜜了，但心还是悬得老高，不知道自己能不能平安回来。不过想到用这两桶蜂蜜换的钱可以抵一家三口一个月的伙食费了，她的心情马上变得轻松了许多。穷人家的孩子独立早，扎拉很小就懂得了要帮父母分忧解难。而且别看扎拉年纪不大，她却一直是个勇敢的少女，很有冒险精神，所以在丛林里探险对她而言别有一番乐趣。

他们在吃早饭的时候，一个砍柴人经过他们的小木屋，从城里带来了消息给尼克，他说科尔女王抓走了英加王子和胖国王，戈斯国王回来了，他和他的那帮走狗全都回到了里格斯城。这无疑是一个坏消息，令尼克忧心忡忡，他倒是不关心谁来当国王，反正这对他的生活不会有任何影响。但糟糕的是，听说戈斯国王回来以后欺压百姓的行径变本加厉了，以后的日子恐怕要过得更加谨小慎微、提心吊胆了。

尼克皱着眉头想了想，然后叮嘱扎拉，这次不可以走那条矿井小路，而是要从森林里走野路绕过里格斯城直接到海边去。

“和那些胡作非为的士兵比起来，野兽还更有人性一些。我宁可你落入虎口，也不希望你落到那些恶棍手里。”尼克郑重其事地说。

扎拉懂事地点了点头，然后穿上那双漂亮的新鞋子，披上妈妈的大头巾，一手拎着一个二十几斤重的装满蜂蜜的桶，哼着小曲出发了。她听从父亲的嘱咐远离那条通往矿井的小路——万一遇上巡逻的士兵，她手里的蜂蜜肯定会被抢走的。

扎拉选择了通往海边浮桥距离最短的路线打算直穿过去。可是这里根本没有路，到处都是扎脚的荆棘，横枝交错，茂密的古树遮天蔽日。她走了大约半个钟头，四周越来越昏暗，脚下的地面也越来越崎岖。到处是锋

利的石子，还频频有巨大的石块、倒塌的树干挡住去路。不过勇敢的小姑娘坚决不肯退缩，她左拐右拐，奋力前进。最后，一堵枝蔓交错的荆棘墙挡在了她的面前，所有的出路都断了，扎拉觉得非常丧气——现在再回头就等于白白耽误了半天的时间啊。

她不甘心地把蜂蜜放在一旁，想试着推一推这些扎人的枝条，看看是否能找到一个空子钻过去。扎拉咬着牙伸出双手去拨那些树枝，没想到奇迹出现了，那些烦人的树枝竟然自动弯到了两侧，给她让出了一个空子，不大不小刚好够她通过。扎拉又惊又喜，顾不上多想，提起蜂蜜继续赶路。

不一会儿，又有一棵倒下的大树阻挡住了扎拉的去路，树干又粗又长，就算是五个成年男子合力也很难将其移动。扎拉又试着推了一下，谁知那树干竟然被毫不费力地移开了。小姑娘这次真的有些惊讶了，她从不知道自己原来这么有力气，她甚至开始担心自己产生了幻觉。为了证实刚才不是个巧合她又试了试自己的力气——她先是搬起了一块比自己还要高的大石块，然后又扔出了老远——最后终于意识到自己身体里潜藏的力量根本没有极限。

扎拉心中大喜过望，这下她就不用提心吊胆惧怕那些野兽了。她信步在密林中穿行的时候，忽然不知从哪儿窜出来一头两米多高的大棕熊，它红着眼睛，嘴里发出呼噜噜的声音，显然是饿坏了。它应该是顺着蜂蜜的味道找到这里的，狗熊的嗅觉一向灵敏。

那个大家伙看到扎拉，露出红口白牙，淌着口水就扑了过来。不过勇敢的小姑娘可一点儿都不害怕，她小心地把蜂蜜桶放在一旁，面带微笑地迎战大熊。大熊还是头一次见到不怕自己的人，因此心中很是纳闷，等它接近小姑娘的时候就更纳闷了——因为它发现自己无论用多么大的力气都无法碰到小姑娘。扎拉看着它挥舞着毛茸茸的大爪子狰狞地在自己面前咆哮，猛地上前伸出手揪住了大熊的前腿，用力一甩——只见好几百斤重的庞然大物竟然腾空而起，飞出了一个抛物线，然后重重地摔在了十米开外的地上。

那头大熊愣了三秒钟，然后哀号着，挣扎着爬起来，一溜烟钻进森林

不见了。扎拉见此情景，不由得笑了起来。之后她继续赶路，而且感觉脚下生风，越走越轻松。之后的一段路可谓是畅通无阻，她再没有遇到任何拦路的野兽，除了一头大黑熊远远地看着她，一动都不敢动；还有一头迅猛矫健的美洲狮，原本正在啃食猎物，看到扎拉就嗖地窜到了一棵大树上，等她离开才敢下来。之所以这样，可能是刚才那头大熊或是其他看到搏斗场面的动物早早就放出了消息，叫大伙小心这个力大无穷的小姑娘吧。

扎拉并没有对自己突然冒出来的神来之力感到惊讶，她平静地接受了这个变化。小姑娘一心想着送蜂蜜，所以刚过中午就走到了浮桥，克里格斯近在眼前了。幸运的是，这里并没有士兵把守，他们可能正在宫里为了胜利回归而庆祝呢。十分钟之后，扎拉已经站在克里格斯王宫门外请求觐见女王了。

第十二章

比尔比尔的计划

故事讲到这里，有谁还记得那只脾气暴躁的老山羊——比尔比尔吗？不只是我们，就连他的主子林基廷克都把他给忘到了脑后。

比尔比尔生性孤僻，看什么都不顺眼，讲起话来从来不给人留情面，而且还受不得半点儿委屈。除了他那心胸豁达的主子林基廷克，这天下再没第二个人能容忍他了。自从他们三个赶走了戈斯国王，住进了里格斯宫殿，林基廷克就把比尔比尔关进房间里，不让他出来走动，怕他惹是生非，因为英加已经失去了珍珠，他们没有魔法的保护，一举一动都要非常小心。

林基廷克和英加每天就在王宫里下棋、聊天，很少外出，所以完全把这头山羊忘在了脑后。好在侍从们尽职尽责

地照料他，每天都给他割很多新鲜的青草送进屋里，他才不至于饿死。但是比尔比尔还是觉得很憋屈——自己明明是赶走坏蛋国王的大英雄，怎么反倒被囚禁起来失去了自由呢？

每天只能在狭小的屋子里散步，从窗子外看风景，可把这头自在惯了的山羊闷坏了，他的脾气也越来越差，每天不停地抱怨，逮到机会就要恶声恶气地对那些侍从们说些刻薄话，甚至会大声谩骂他们，拿这些无辜的可怜人撒气。时间久了，侍从们也无法忍受了，于是再没有人愿意给比尔比尔送食物了，也没有人接近他住的房间。

比尔比尔已经两天没吃到食物了，他气得在屋子里又喊又叫，还到处乱踢乱撞，可就是没有人理他。他甚至想把门顶开冲出去骂林基廷克一顿，不过他觉得那样太没面子，所以还是继续耐着性子在屋里等待，等待着他的主人主动想起自己。不过结果无疑是令他失望的，到了第三天，他已经饿得头晕眼花，把床垫里的干草都拱出来嚼了，不过那实在是无法下咽。

比尔比尔终于下定决心，靠自己的力量逃离这个小小的“囚室”。他哪里知道，现在外边早就天下大乱了，英加和林基廷克已经被阴险毒辣的科尔女王抓到克里格斯岛上去了，他们现在的日子如履薄冰，哪还有心思惦记这只山羊呢。

就在比尔比尔打算冲出去的时候，他忽然听到楼下一片喧哗，有许多人在大声地叫嚷着、说笑着，吵得他头疼。王宫重地竟然有人敢如此放肆，比尔比尔火冒三丈，把头探出窗口想要破口大骂。谁知他看到了那些凶恶的士兵，他们熙熙攘攘地挤满了御花园，手里拿着尖锐的兵器，操着粗鄙的字眼说个不停。

比尔比尔很快便听出了个大概，他知道英加和林基廷克有难了，里格斯又成了戈斯的天下，这次大事不妙了。

虽然比尔比尔只是一只脾气暴躁、不通情达理的牲口，平时总是不待见林基廷克，但到了危急关头他还是分得清是非黑白、是敌是友的。现在他脑子里只有一个念头，就是要想办法解救自己的伙伴们。他打心眼儿里讨厌那些下流的士兵们和他们的国王，更是被他们那耀武扬威的样子气红

了眼。

比尔比尔愤怒地低吼着，低下头，用角朝着房门全力撞了过去，房门砰地被冲开了，然而比尔比尔根本没有停下来的意思，他接着低头飞奔，冲向楼梯口。这时，戈斯国王正巧率领一队士兵往三楼走来，已经走到了楼梯口，比尔比尔看到那些丑陋的嘴脸，新仇旧怨全都涌上心头，一并爆发了。他才不管是不是势均力敌，毫不迟疑地朝他们飞奔过去。戈斯他们猛然看到那头骁勇善战的山羊杀气腾腾地扑过来，顿时吓得手足无措，想往后退却来不及了。

说时迟那时快，比尔比尔像一道闪电，飞起来撞向了戈斯国王。戈斯国王来不及做出任何防卫，就被比尔比尔那又尖又硬的角撞了一下，他疼得眼冒金星，连连后退了好几步，结果后面正好是台阶，他一脚踩空，尖叫着仰面摔了下去，他身后的士兵躲闪不及，像多米诺骨牌一样一个接一个被撞倒了，然后全都滚下了楼梯，摔做一团，一个压着一个。这群乌合之众自乱阵脚，你推我搡，胡乱地拳打脚踢，一时间叫骂声、哀号声充斥了整座王宫。

不甘心的戈斯国王好不容易从人堆里挣扎了出来，喘着大气又一次冲上了三楼，打算跟这头山羊较量一番。比尔比尔对他嗤之以鼻，他瞅准时机，等戈斯一条腿刚迈上走廊重心不稳的时候，又使出全身的力气猛地朝他撞了过去。这一次戈斯又一个倒栽葱滚了下去，不过这次比尔比尔用力过猛，自己也失去了平衡，随着国王一起往楼下滚去，然后他们还把刚站起来的几个士兵又给撞趴下了。

比尔比尔在人堆里发疯般地拼命挣扎、蹬踹，挨了他蹄子的人无不大声惨叫。他很快爬到了人堆上，站起来跳到了地面，然后趁着混乱朝王宫敞开的大门跑去。

鼻青脸肿的戈斯国王这次伤得不轻，叫唤着站不起来了。“把那只可恶的山羊抓起来！不能让它跑了。”国王气急败坏地叫着。可是那些狼狈不堪的士兵们没一个人听他指挥——他们谁也不想招惹这只山羊。有几个刚进来的士兵想要拦住比尔比尔，怎奈这牲口杀得野性大发、勇不可当，扬起蹄子见人就踹，东一脚、西一脚跳跃飞踢——三两下就把几个壮汉全都撂倒了。其他人见状也识趣地没有再横加阻挠，随他去了。

就这样，比尔比尔一路畅通无阻地在大路上奔跑，很快便来到了岸边。尽管后面没有追兵，他也没有停下来喘息，而是冲上浮桥一口气跑到了对岸，接着朝克里格斯的王宫跑去。正巧城堡的大门是敞开的，于是比尔比尔不假思索地闯了进去。

第十三章

扎拉的帮助

这天一大早女王就一脸阴云密布，因为手下的人来报说，田里的那些奴隶都扔下工具罢工了。女王最不能容忍的就是不服从自己意志的行为，这令她非常恼火，所以她正盘算着该如何惩治那些不听话的奴隶，好让她们知道自己的厉害。

“这就去把她们带来见我！”女王气急败坏地说，“叫她们尝尝皮鞭的滋味，我看谁还敢闹事！”

于是监工下去带那些奴隶了。科尔女王气呼呼地来到桌前吃早餐，桌上摆满了丰盛的饭食，英加则一言不发地站在她的身后，手中握着一只巨大的羽毛扇子来为她扇风。英加微微皱着眉头，他从没干过伺候人的事，这对他而言无疑是一种耻辱。再说，这种大扇子非常笨重，英加拿着它有点吃力，不一会儿就胳膊酸痛了。结果，他笨手笨脚地用羽毛剐蹭到了女王的头发，她“嗷”地叫了起来，然后跳起来甩手就给了英加两个巴掌，小王子的脸颊顿时红肿发烫。“你这个蠢货！这点小事都做不好吗？”科尔凶神恶煞地吼道。

英加没有表现出任何畏惧，一动不动地站在女王面前，冷冷地盯着她。他不怕女王的巴掌，但他觉得很丢脸，自尊心受到了严重的伤害。这时林基廷克刚好端着一壶咖啡颤颤巍巍地走了进来，胖国王看到女王在毒打英加，他从没见过这种场面，吓得心惊肉跳，一慌神竟失手打掉了咖啡壶。滚烫的咖啡洒了一地，弄脏了女王漂亮的地毯，还溅在了女王晨袍的下摆上。

这一来女王更是暴跳如雷了，她尖叫着扑向林基廷克。幸运的是这个时候那些奴隶刚巧被带了进来，成功转移了她的注意力。

可怜的奴隶们被一根粗长的铁链拴成一排，脚上还戴着沉重的镣铐，个个面黄肌瘦，苦不堪言。看样子，她们连走路都困难，怎么有力气去干活呢？

英加难过地看着这些苦命的女人，知道她们正是宾加里的同胞。小王子难过得眼眶都红了，但是自己也是心有余而力不足，不知道该怎么帮她们。好在他的母亲没有出现，她在其他的地方做工，要不然英加真是要当场哭出来了。

“告诉我，你们为什么要造反？”女王恶狠狠地质问，下面那些奴隶们一个个都低着头不敢看科尔女王，她们恐惧得全身都在颤抖。

“我们没有早饭，我们只是没有力气干活了。”一个女人小声回答，“监工给我们的任务太重了，我们根本无法完成。很多人都累病了。”

“没有力气？我看你们是皮痒了吧，叫你们吃一顿鞭子，看你们还这么有力气！你们这些不知好歹的懒骨头！”科尔女王咬牙切齿地说，然后吩咐道，“英加！去我的房间把我的那个七股皮鞭拿上来！”

英加恍恍惚惚地离开大殿，迈着缓慢的步子来到女王的卧房，他想不出来该如何帮那些老乡们，唯一能做的就是拖延几分钟时间。他正磨磨蹭蹭地往大殿的方向走，忽然身后传来一个女孩子的声音。

“你好，请问女王在哪里？我是来给她送蜂蜜的。”女孩赶上英加，甜甜地笑着问。

“她就在那间墙上雕着青龙的拱顶大殿里呢。”英加说，“不过我劝你别去，她现在正在气头上，看谁都不顺眼。”

“不会的，她看到我的蜂蜜一定会开心的。”少女愉快地说，“她最喜欢吃我送的蜂蜜了。”

“好吧，不过我劝你一定要小心，千万别惹到她。”小王子不想多管闲事，他觉得多一个人分散女王的注意力或许是件好事。

“谢谢你的提醒，我会小心的。”少女谢过了英加，便朝大殿快步走去。

就在这时，英加突然注意到了女孩脚上的鞋子，那双红色的鞋子，鞋尖高高地翘着——不正是他丢掉的那双！不会错的，因为这种款式只有宾加里才有，而红色是他们皇室御用的颜色！这真是柳暗花明啊，小王子看到转机这么快就来了，心里别提多高兴了。

“别走！”英加激动地叫住了女孩，他得赶在女王发现前拿到这双鞋子。小姑娘被吓了一跳，茫然地看着英加。

英加知道自己不能那么草率地直接把鞋子抢过来，所以试探地问那个女孩儿：“你脚上的鞋子是从哪里来的？”

女孩低下头温柔地看了看脚上的鞋子，一脸幸福地说：“这是我父亲从里格斯带给我的礼物，很漂亮，不是吗？”

英加兴奋得全身都在颤抖，女孩不明白他为什么会这样，不过还是忍不住对自己的鞋子啧啧称赞，她继续说：“这是爸爸从垃圾堆里捡来的，虽然是人家不要的东西，可我非常喜欢，而且大小刚刚好。多漂亮的鞋子啊！”

英加看得出这个小姑娘非常善良又单纯，她肯定没有发现鞋子里藏着的秘密。于是他温柔地问道：“小姑娘，能告诉我你的名字吗？”

“我叫扎拉，住在里格斯的森林里，我的父亲是卖炭人尼克。”扎拉一五一十地回答。

“扎拉，你的名字很好听，我叫英加，是宾加里的王子。”英加耐心地解释，“你这双鞋是我的，这鞋子并不是被我丢掉的，它对我来说非常重要，但是被别人给错扔了。你可以还给我吗？”

扎拉一听泪水就涌出了眼眶。这是她收到过最好的礼物了，她是多么喜爱这双鞋子啊，从没想过会失去它。“你一定要拿回去吗？这是我的第一双鞋子，也是我唯一的鞋子啊。”

英加看着小姑娘泪流满面也有点于心不忍，可他很需要鞋里的珍珠，不能再犹豫了。于是他说：“我用我脚上的鞋子和你交换怎么样？你看，这双鞋一点儿不比那双差，而且更新呢。

扎拉为难地看着英加，又看了看他脚上的鞋子。她人穷却很有志气，既然英加这么说她也不好意思霸着人家的鞋子，但那同时又是父亲送给自己的礼物，对她来说有着不同寻常的意义。”

英加看小姑娘依依不舍的样子心中很是着急，他已经离开大殿很久了，再不回去那个暴躁的女王一定会起疑的。所以他焦急地蹲下来脱掉了脚上的鞋子递给扎拉，对她说：“穿上试试，我以王子的名义向你保证，等我救出我的父母，会给你很多财宝，让你的父亲、母亲过上衣食无忧的幸福日子，我说到做到，决不食言。”

“那我得先看看大小合不合适。”扎拉不情愿地说着，事已至此，她只能顺水推舟了，她坐在地上先脱掉了左脚的鞋子——里面藏着粉红色的珍珠，放到英加的面前，然后拿起英加递给她的鞋子往脚上套。与此同时，英加也抓起地上的那只鞋子往自己脚上套。

正在这时，女王已经怒气冲冲地来到了走廊上，她看到英加迟迟不回竟然在这里偷懒，和一个小姑娘聊天，简直气坏了。她扑过去抓起了英加放在地上的粗皮鞭，扬起手来就朝他抽了过去。

不过英加一点儿也不害怕了，因为有了粉红色珍珠，多结实的鞭子都挨不了他。女王费了半天力气发现鞭子怎么也伤不到小王子，心中又惊又气。而善良的小姑娘已经被吓呆了，她六神无主地坐在地上大气也不敢喘。英加见状赶紧从扎拉脚上脱下了那只藏着蓝色珍珠的鞋子，迅速穿在自己

脚上，系紧了鞋带。

然后英加站起来，威严地对女王说："女士，现在，请停止你愚蠢的行为，把你的皮鞭交给我，不然，我就让你知道我的厉害。"

"别做梦了！我要用它去抽打那些宾加里的女人们，打得她们皮开肉绽呢！"女王见这个小家伙突然敢反抗自己，心中很是不安，但嘴上还不示弱。

英加淡淡地笑了，他走过去一把夺过了女王的鞭子，女王简直不敢相信这就是前天被自己手到擒来的那个孩子。她虽然无力招架，但还想耍花招，悄悄从怀里掏出了一把锋利的匕首，朝着小王子的胸口猛地刺去。一旁的扎拉吓得尖叫起来。

然而她的诡计并没有得逞，英加就站在那里等着她刺过来，也不躲闪。谁知小刀在离他还有二十厘米的地方突然被挡住，弹开了，尖锐的刀头也钝了。女王大惊失色，她怎么也想不明白英加为何突然变得和刚才判若两人，不过她隐约意识到恐怕是这个小家伙之前失去的魔法又回来了，自己的处境现在危险了。

女王开始害怕了，好在英加没有进一步对她动手，于是她只能讪讪地回到了宫殿里，争取时间想想对策。

英加转身帮扎拉穿好鞋子，绅士地把她扶了起来。新鞋子也很合脚，穿起来更舒适，扎拉非常满意，她哪里会想到在换鞋的过程中自己失去了什么。

"跟我走吧。"英加带着扎拉来到了女王的宫殿，看着那个面如土色、满腹狐疑的女人，命令道，"把钥匙给我！我要你放了这些可怜的百姓，还她们自由。"

"绝对不行！"女王声嘶力竭地叫着。放了她们谁来给她干活呢？她的钱从哪里来呢？

"这可由不得你。不要敬酒不吃吃罚酒。"英加冷冷地对她说，"小心我把你关进地牢。"

英加说着管那个监工要钥匙，监工看着平日里骄横跋扈的女王畏畏缩缩、惶恐不安，便知道她害怕小王子，所以就乖乖地交出了钥匙。英加忙去帮妇女们打开铁链、镣铐。

一旁的林基廷克一看小王子的气势，便猜到他已经找回了珍珠，胖国王顿时欢天喜地地在大殿里又是跳又是转圈，嘻嘻哈哈乐个不停。这更让坏女王心烦意乱了，她只能干瞪着眼睛看着自己的权力被人践踏，却没有办法阻止。

可怜的奴隶们得到了解放，小王子劝慰着那些长吁短叹的女人们，又让监工去把她们的孩子都带来，让他们母子团圆。并向他们保证很快就能回到宾加里故乡了。

亲人相见的场面非常热闹和感人，只有恶毒的女王沮丧地坐在那里一语不发。她知道小王子解放了奴隶之后，免不了要回过头来惩罚自己，所以觉得还是走为上计。她意识到这会儿没有人注意自己，就连胖国王也在帮忙安慰那些妇女和儿童，所以她猛地从宝座上跳起来，飞奔着夺门而出。

林基廷克看到科尔跑出了门，焦急地尖叫着："绝对不能让她逃走！"然后追了出去，不过他太胖了，跑起来还没有走着快，眼看着科尔越跑越远，已经穿过走廊到了城堡门口。

就在这时，愤怒的比尔比尔喘着粗气正要往里冲，不偏不倚和女王撞了个满怀。要说这山羊真是全身上下一股子蛮劲，只听科尔发出一声痛苦的喊叫，那壮如牛的身子被弹到了半空中，越过比尔比尔飞出去半米，然后重重摔在了地上。科尔脸上身上沾满了灰尘，眼冒金星，半天站不起来。她头上的王冠被撞进了路边的阴沟里。她咬着牙爬起来，不敢停留，继续踉踉跄跄朝远处跑去。

比尔比尔经过猛烈的冲撞也有点头晕目眩，半天没缓过神，他也没弄清楚发生了什么，还是怒气冲冲地低着头继续往里冲，这次把慌慌张张赶来的林基廷克又给撞翻了，而比尔比尔也再次跌坐在地。主仆二人从地上爬起来，大眼瞪小眼地相互看着，他们竟以这样的方式相遇了，大家都很意外。

林基廷克迷迷糊糊地揉着被撞疼的肚子，大叫起来："天啊！比尔比尔！

真没想到会在这里见到你。”

“陛下，我也没想到你走路连眼都不长。”比尔比尔见到老朋友似乎一点儿喜悦之情都没有，还是原来那不依不饶的样子。

“嗨，不长眼睛的是你吧。科尔那个坏女人逃跑了，我正要追她呢，谁知被你坏了我的好事！”林基廷克埋怨道。

“这么宽的路换了别人都撞不上，谁叫你这么胖，把路都给堵死了呢。”比尔比尔反唇相讥。

这时英加也追了过来，他焦急地问道：“女王在哪？”

“让她给跑掉了。”林基廷克说，“不过她跑也跑不掉的，这个小小的岛国还没有宾加里的四分之一大，任她藏在哪里我们都能很快把她给找出来。现在我们应该庆贺一下，你的魔力恢复了，而且我也找到了比尔比尔，我们终于又聚在一起叱咤风云了！真是太痛快了！”

胖国王一瘸一拐地和英加、比尔比尔回到了女王的大殿上。监工已经把克里格斯岛上所有的奴隶都带到了大殿里，他们全是些老弱妇孺。“可是，我的母亲在哪呢？”英加焦急地四处张望着，他怎么也找不到嘉莉王后的身影。

“她在皇家乳制品厂里做女仆。”监工隔了半晌忽然想起来，宾加里来的妇女只有一个被派去了皇家乳制品厂做工，这女工气质不凡，应该就是嘉莉王后。

英加问明了乳制品厂的位置，迫不及待地去寻找她的母亲了。乳制品厂离海边不远，英加在那里问遍了每一个人也没有找到自己的母亲，他只在地上发现了一块熟悉的丝巾，母亲平日里总喜欢戴着它。小王子悲伤地将丝巾放在怀中，心里七上八下，他真担心科尔那个坏女人会对母亲下毒手。

他们在岛上找了一圈，也没有发现科尔和嘉莉王后的踪影，等他们来到岸边的时候才发现浮桥已经被拆毁了，这边的海岸没有停靠任何船只，他们被困在了岛上。心灰意冷的英加只能先回到宫里和林基廷克会合，然后再从长计议。

这时，扎拉正躲在角落里默默抽泣呢，因为买主逃走了，她的蜂蜜买卖就泡汤了。拿不到钱她回家该怎么向父母交代呢？当她听说浮桥被毁掉了，没有办法回里格斯，就哭得更伤心了。

忧心忡忡的英加不得不把自己的情绪放下，先安慰可怜的小姑娘，对她好言相劝，答应她很快会想出办法送她回家。林基廷克在地毯上发现了科尔女王的钱袋，这是她匆忙逃跑时丢下的，他将里面所有的金币都给了扎拉，这些足够支付蜂蜜的钱了，小姑娘拿到报酬马上破涕为笑。

英加吩咐王宫的侍从们为刚刚获得自由的奴隶们准备了一顿丰盛的晚餐，还替他们安排了床位，让他们暂且在王宫中安顿了下来。那些苦尽甘来的百姓们好久没有吃到一顿热气腾腾的饭菜了，激动得连连举杯向小王子致敬。

不过小王子还有正事要做，他招呼完大家便和林基廷克、扎拉、比尔比尔走进一间密室，开始商量下一步的计划。

第十四章

错失良机

“我们已经让他们溜掉两次了，上次戈斯就趁乱跑到了克里格斯岛，这次科尔又逃去了里格斯。就因为顾此失彼，我们耽误了多少大事啊。”林基廷克国王说，“这一回我们可不能再错过时机了，必须一鼓作气将他们两伙

人全都抓住。”

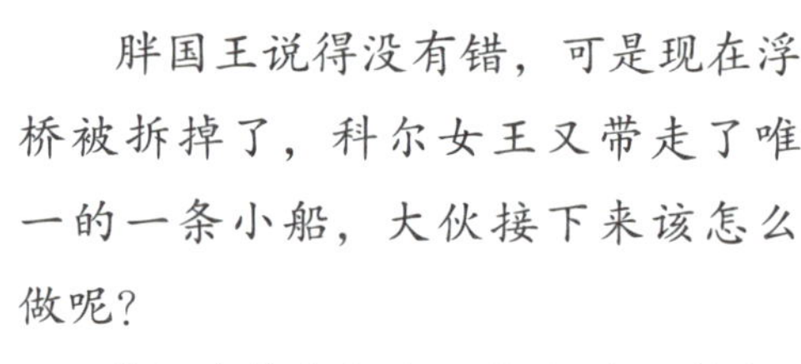

胖国王说得没有错，可是现在浮桥被拆掉了，科尔女王又带走了唯一的一条小船，大伙接下来该怎么做呢？

“之前带我们来里格斯的那艘船，现在在哪儿？”过了良久，比尔比尔打破了沉默。

“当时我就把它丢在里格斯的岸边没有顾上去管。”英加回答，“我也

不知道是否还能找到它。我担心它已经被戈斯那伙人据为己有了。”

大家皱着眉头又陷入了沉思。“对了，你怎么不问问白色珍珠，看看它能给我们什么意见。”林基廷克忽然说道。

“好主意。”英加一拍额头，说着拿出了白色珍珠，问道，“请你告诉我，我们该怎样才能到里格斯岛上去呢？”

“你到克里格斯岛南端的海岸上去，然后击掌三次，那艘船就会自动出现。”珍珠小声回答。

英加喜上眉梢，对伙伴们说：“这下好了，我们随时都能召唤来那艘小船，这下不必担心被困住了！接下来怎么做我们得好好计划一下。”

“我想回家了，能不能先送我回家？”扎拉小声恳求，“我离开家太久了，爸爸妈妈一定担心死了。”小姑娘说着眼眶就红了。

“里格斯有什么好的，可怜你小小年纪就得做这么些苦活累活。我看你还是别回去了，到我们吉尔加德来吧。”林基廷克热情地说，“我保证在那里你会过上体面的好日子的。”

“我的意思是我们到了岛上第一件事就是先解救我的父母和宾加里百姓，以免像上次一样夜长梦多。”英加认真地说，“我的父母还在戈斯他们手上，现在有他们当人质，我们等于始终被敌人钳制着，做什么都得有所顾忌。所以当务之急必须先把他们救出来。现在魔珠又回来了，相信用不了多少时间我们就能成功。”

“这话在理！”比尔比尔脱口而出，“我支持英加的决定。”

“好吧，我想来想去也觉得应该听你的。不过这次你一定要小心你的鞋子，不要再弄丢了。我可不想再被抓起来当俘虏了。”胖国王说。

他们商量了半天究竟该如何部署下一步的战略。最后大家一致同意一登陆就马上去矿井里解救吉蒂卡特国王和男奴们——毕竟那些魔珠能保护的人数有限，英加不能保证每个人都时刻挨在一起，难免被敌人钻了空子。而如果他们有了自己的队伍，和戈斯的士兵对抗起来也多少有些底气。然后他们再攻入里格斯城，让科尔交出嘉莉王后。

扎拉也自告奋勇给他们当起了向导。她常年住在矿区附近，对那一带

的地貌比较熟悉，她建议英加把船开到矿区对面去，这样从山地迂回到达矿井入口，就可以避免与戈斯国王的军队交战了。大家都认为这是个不错的建议。

等大计商议完毕，夜色已经深了，那些重获自由的女人和孩子们已经狼吞虎咽地把桌上的饭菜吃了个精光，他们已经太久没有吃过一顿饱饭了。厨房的用人们正在忙着洗洗涮涮，可英加他们还饿着肚子呢。于是扎拉为大家准备了一餐夜宵。

别看扎拉年纪不大，不过手艺不比那些厨师差，她从小就帮妈妈煮饭烧菜，动作娴熟麻利，不到半小时就做好了一桌香喷喷、热腾腾的饭菜。他们在王宫后花园里放了个小餐桌，津津有味地吃了起来。胖国王吃得心花怒放，特别是对小姑娘拿手的那道烤松饼赞不绝口，搭配着里格斯的森林野蜂蜜简直是人间少有的美味。不过比尔比尔对这些食物丝毫不感兴趣，对他来说没有比花园里那些绿油油的青草更可口的美食了。

吃过晚饭，英加和林基廷克又去安慰了那些妇女们，要她们快点振作起来。还告诉她们这几日要暂且住在克里格斯岛上，过不了几天等他救出里格斯矿井里的男人们，他们就能全家团圆，重返故乡宾加里了——英加已经迫不及待地想要快点见证那一刻的到来了。

第二天天还没亮英加就起来了，不过扎拉起得更早——厨房里炊烟氤氲，小姑娘已经把早饭都煮好了。几个伙伴吃完饭一起走到了克里格斯岛南岸，英加按照白色珍珠所说的话，伸出手来，在半空中拍了三下，只见海平面果然出现了一艘黑色的轮船，向着他们飞驰而来，一眨眼的工夫就靠岸了。这就是他们曾经乘坐的那艘轮船，英加欣喜万分，连忙走上船查看——上面的食物都还原封不动地保留着，水果还是那么新鲜，淡水还做了补充。

扎拉小心地走到船上，轻轻地抚摸着栏杆，睁大了眼睛出神地打量着这艘庞大的轮船。她看起来又紧张又开心，她长这么大还是头一次见到这么漂亮的船，头一次有机会到船上来坐一坐，而且还有魔法——刚才那一路它乘风破浪而来，船上却连一个艄公都没有，这是多么令人惊讶啊。

大家七手八脚地把比尔比尔弄到船上，接着，英加拿起船桨，轻松地划了起来，船在魔法的催动下，轻快地向里格斯驶去。

两个岛离得本来就不远，魔法船在海上飞快地航行，很快便引起了里格斯岛岸上士兵们的注意，可他们只是远远地看着，并没有打算出海追踪。没有人愿意再以身犯险去招惹法力无穷的小王子。

他们的船绕到了里格斯岛的西面，这里的地势高低起伏，船在岸边逡巡了许久，扎拉也不能确定矿井所在的位置，她平时都是在森林里穿行，现在忽然从外围观看还真没什么把握。岸上山峦错落，乍一看长得都差不多，很难说清到底哪个下面有矿井。他们的船沿着岸边缓缓地漂了一个多钟头，扎拉也还是稀里糊涂的。时间就这么不知不觉地流逝着，转眼已经到了中午，最后扎拉提议先上岸，进到山里或许会更好找。

英加把船停靠在一个小港湾，大家踩着嶙峋的岩石来到了陆地上。扎拉在森林里找了很久才勉强辨认出大家现在的位置——他们刚才应该是走错了方向，矿井在往回走几公里的地方。所以大家不得不回到小船上往南开，一直到了扎拉认为正确的地点才停了下来。

这时夜色已晚，陆地上野兽的嚎叫声此起彼伏，让人心惊肉跳。扎拉说："我们应该在船上过夜，附近有很多野兽出没，上岸太危险了。"所以大家打算先吃饭休息，明天天一亮就登陆去矿井里救人。他们哪里会想到老奸巨猾的戈斯和科尔此刻已经想出了对付他们的万全之策呢？

英加若是问问白色珍珠，断然不敢错失了这制胜的最后时机。不然他宁可和那些野兽来一场战斗都好过这一夜漫长的等待。可惜的是很多时候命运就是喜欢和人开玩笑，总是好事多磨。英加毕竟还是个孩子，觉得有了魔珠就不会再有什么变数了，他还是太轻敌了。

船上的食物非常丰富，大家兴致勃勃地美餐了一顿。夜晚的海上湿润而凉爽，大家躺在甲板上欣赏着迷人的夜色。墨色的天穹上群星闪烁，璀璨的星光在平静的大海上洒下一片碎银，湿润而凉爽的海风习习扑面——一切都令人陶醉而放松。

大家你一言我一语地聊着，英加给扎拉讲述了他们的历险经历；林基廷克说着他回到吉尔加德后的打算；扎拉也讲了自己简单平凡的身世，她讲到了自己的父亲尼克，虽然他们家境贫寒，日子过得很艰辛，但他们自食其力，堂堂正正，从不抱怨，也从不觉得自己低贱。

林基廷克想要活跃气氛，所以吵着说要唱歌给大家听，比尔比尔愤怒地抗议，抱怨着胖国王的嗓音难听，又跑调。不过英加和扎拉都表示希望听胖国王的歌声。

于是林基廷克底气十足地唱了起来：

“有一个红发男子名叫纳得，
他在战场上掉了脑袋，
呜呼哀哉！
我问可怜的纳得，
呜呼哀哉！

纳得呵呵一笑，
只说他死得其所，
呜呼哀哉！
为了国家和人民，
血染沙场才是他最好的结局，
呜呼哀哉！
这可怜的红发男子——”

“住口！别唱了！”比尔比尔大声制止道，“听了你的歌我夜里都要做噩梦了！”

“我的歌还没唱完呢，比尔比尔，你再忍一忍吧，想想那可怜的纳得，他的脑袋都搬家了，接着听下去吧。”林基廷克乐呵呵地说。

“算了吧，我现在脑海中都是你难听的歌声，还有那丧气的歌词。”比

尔比尔气哼哼地回答，“你难道不会唱其他的歌吗？至少也应该找个欢乐点的歌曲来唱吧？”

“那我这里还有一首，是关于一个活人的。”胖国王赶紧说。

“还是免了吧，什么好歌到你嘴里都变了味。”比尔比尔板着脸说。

扎拉听到了比尔比尔这些不知轻重的话惊讶又难过，因为她觉得林基廷克的歌还是不错的，他的歌声也很悦耳，并且她的父母一直告诉她和人交谈一定要恭敬有礼，更何况对方还是一国之君。她看到一头牲口敢如此顶撞一位国王，觉得实在有违常理。

林基廷克没有继续唱下去，大家的夜聊也到此告一段落了。英加一心想着要早些见到父母，他们得早点休息，明天天一亮就要上岛。

所有人都挤在船舱中很快便睡下了，他们还在船上找到了几张毯子盖在身上。大家在折腾了一整天后都感到非常疲惫，一直睡到了第二天破晓才醒过来。

他们草草吃了早饭，就将船停靠在岸边，到岛上去寻找矿井入口了。今天似乎比昨天顺利很多，不出半个小时，扎拉便带着大家走上了那条通向矿区的小路。他们沿着小路一路向北，小王子打头阵，扎拉紧紧地跟在他后面，还抓着他的手臂，骑着山羊的胖国王垫后。

没多久，矿井的入口便近在眼前了，那是一个低矮的拱形洞口，开在高高的岩石屏障上，并不是很起眼。有两个手持长矛的士兵正站在洞口把守着，别看他们外表凶悍，其实不过是几只纸老虎，就是用来震慑那些奴隶，防止他们逃走的。

英加走过去问道：“这里是通往矿井的入口吗？”

“当然。”一个士兵回答，“不过如果你要进去就别想再活着出来了。”

英加才不会被他唬住，他从容地说：“我当然要进去，而且一定会出来，不仅如此，我还要把里面的奴隶全都带出来，还他们自由！”

听了这些豪言壮语，那两个士兵相视一笑，其中一个说：“国王真是神机妙算，他早上还说会有个口出狂言的小娃娃来这里找事儿，果真这就来了。”

"可不是，我们就照国王的吩咐，让他有去无回吧。"另一个士兵说。

他们的对话令英加感到惊讶，他赶忙问道："你说戈斯国王？他也来过这里吗？什么时候的事？"

"他昨天大半夜就来了，亲自到矿井里面去了一趟。这不，才离开没一会儿你们就来了。他已经知道你会来这里，特意嘱咐我们要把你们关进矿井，不让你出来。"

英加心中猛然生出一种不祥的预感，他知道狡猾的戈斯国王不会坐以待毙，束手就擒，但是他吃不准他现在会耍什么花招。他急匆匆地带着伙伴们闯进了矿井，那些士兵并没有阻拦他们。

一行人在狭窄昏暗的通道里穿行，四周都是石壁，他们走了一会儿来到了一个低矮的石洞，里面有很多戴着手铐脚镣的奴隶正在辛苦地工作，还有个拿着皮鞭的监工在监督他们。英加没有看到自己的父亲，所以沿着通道继续往前走，这条通道斜着向下，越往里空气越憋闷，温度也越高。他们一直到达了最底端也是最大的矿洞里，那里灼热得像个大熔炉，一路上他们碰到的监工都没有理睬他们，倒是那些奴隶一直盯着他们看，很多人认出了宾加里的小王子。

英加告诉他们不必害怕那些监工和他们手里的鞭子，他可以保护他们。然后他找了几个认识的宾加里老乡，跟他们打听父亲的消息。他们七嘴八舌地告诉他，原本吉蒂卡特国王就在这个洞里干活，但是大约一个时辰前被戈斯带走了。

小王子听到这个消息心一下子凉了半截。"我看，戈斯国王一定是要阻止你，所以才带走你的父亲。"林基廷克分析道，"八成现在你的父亲被他关在什么秘密的地方，可不好找喽。"

"就算真是这样，我把里格斯翻个底朝天也一定要找到他。"英加坚定地说。

英加一想到自己又一次疏忽大意让戈斯的诡计得逞了，就感到又难过又愤怒。他极力掩饰自己的沮丧，命令那些监工说："给这些人把镣铐全部打开，把他们放出去！"

监工们哈哈大笑着说:“别做梦了，到了这里你自身都难保了，我们国王命令我们把你也给铐起来，让你乖乖地在这里干活。”

英加皱着眉头走过去，不费吹灰之力就扯断了他们手中的锁链，就像拉断了几根面条。那些监工们挥舞着手中的武器冲上来抓英加，谁知小伙子抡起手中的铁链子三下两下就把那些家伙打得缩在角落里跪地求饶了。

那些可怜的奴隶们终于得到了解放，除了宾加里国的国民，这里还有其他国家的人，他们都非常感激英加的拯救，全都毕恭毕敬地向他鞠躬致谢，并且表示愿意听从小王子的调遣，服从他的指挥。大队人马跟在英加的后面走出了矿井，他们来到矿洞门口的时候，刚才那两个大放厥词的放哨士兵早就被这阵势吓得腿软了，早前戈斯骗他们说小王子只是用一些障眼法唬人，并不足惧，但他们很快看出来小王子一身都是真本事，所以象征性地拿着武器虚晃了两下，然后便飞也似的逃跑了。

英加忽然发现原本跟在自己身后的扎拉不知道什么时候不见了，原来小姑娘已经落到了队伍的后面，她家离这里不远，所以打算自己先回去了。不过英加和林基廷克阻止了她，他们认为现在形势动荡，说不准森林里还有戈斯的残余势力，扎拉一个人回家太不安全了。所以小姑娘只能先跟他们一起往里格斯城里走去。

获得自由的囚徒大队浩浩荡荡向里格斯挺进，大家都愿意跟随小王子一起去对抗戈斯国王和他的手下。他们来自不同的国家，都是被戈斯劫掠到这里的，有的已经在地下干了几年活了。为了使自己的队伍更具有战斗力，而不是一盘散沙，小王子把大家分成了十几个小队，每个小队都指定了一名队长，他只对队长传达命令，而队长分别管理他们手下的几十个队员。每个人手里拿着开矿用的铲子、凿子当作武器。有了自己的队伍，英加心里更有把握了。

小王子带着队伍来到了里格斯城门口，发现那里早就站满了士兵，黑压压一片。不过奇怪的是，他们看到英加并没有上前挑衅的意思，而一个个都是一副愁眉苦脸的样子，垂头丧气的布鲁勃看到小王子他们走过来显得有点儿不好意思。

“发生什么了？”英加疑惑地问道。

“戈斯国王和女王逃跑了，他们抛弃了这座小岛，我们现在都不知道该干什么了。”布鲁勃闷闷不乐地说。

“什么？他们跑了？你知道他们去哪了吗？”英加大声叫道。

“我怎么会知道？他们什么都没跟我们说，就带着四十个士兵和宾加里国的国王、王后乘船离开了！”布鲁勃无奈地叹着气回答道。

第十五章

亡命之徒

说到诡计多端，科尔女王绝对是天底下数一数二的人。她在大难临头、慌不择路地逃命的危急时刻脑子还在飞快地转动。话说那天英加恢复了魔力，她从王宫中溜出来一口气跑到了浮桥边，却忽然转到了旁边的岔道上去——这条路通往皇家乳制品厂，英加的母亲嘉莉王后就在里面干活。

她连拖带拽地将可怜的王后带到了岸边，登上小艇马不停蹄地赶往了里格斯。临走前还不忘命令士兵们彻底拆毁了浮桥。

科尔女王跑到了戈斯国王的面前，慌慌张张地跟他走进了一间暗室，对他说："你说得没错，那个孩子真的有魔法，我被他打败了。"

戈斯国王看着昔日耀武扬威的妻子如今失魂落魄地站在自己面前，冷笑了一声，阴阳怪气地说："当初是谁说我胆小的？我早就警告过你吧？有本事你留在你的克里格斯不要跑来避难啊。"

"现在不是你看笑话的时候！我把浮桥拆掉只是缓兵之计，那小子很快就能想出办法赶来，我们得赶紧想想接下来怎么办，不然大家都得完蛋！"女王气急败坏地吼道。

戈斯国王面色阴沉地点了点头："现在我们是迫在眉睫了，可是能有什么办法自保呢？"

"我倒是想好了一个计策。英加是来救他的父母和百姓的，他有魔法，我们不能跟他直接对抗，但还是可以从中阻挠，让他的计划无法顺利实施。"女王贼溜溜地转着眼珠子说。

戈斯不解地看着科尔，等她接着说下去。

"我们可以带走他的父母啊！英加可是个孝顺的孩子，只要他的父母在我们手上，我们就有了筹码，可以跟他谈条件了。我们可以把他的父母藏到一个隐秘的地方，让他无论如何也找不到，到时候如果他还想让他们活命就必须乖乖离开我们的地盘，不许干涉我们的统治，否则的话我们就会杀掉他的父母。"科尔恶狠狠地说。

"主意倒是不错。"戈斯点着头说，"可是我们要把他的父母藏在哪才能不那么容易被找到呢？我看那小子神通广大，我们这小岛上怕是没有什么理想的地方啊。"

"这个我也想好了。"科尔得意地说，"南方的矮子精！让他们帮忙关押宾加里的国王和王后。他们住在与世隔绝的深山腹地里，而且精通魔法，就算英加有通天的本事也不敢在那里放肆！况且矮子精是我们的友好邻邦，我想他们一定不会拒绝我们这个小小的请求的。"

戈斯思忖了片刻，认为女王说的话都很有道理，以他的智商确实想不出这样的好点子来。两个坏蛋达成一致，邪恶地笑了。

事不宜迟，科尔让戈斯连夜赶往矿井亲自去捉拿宾加里国王，她则留在城里运筹帷幄，忙碌地安排船只、人手，并且往船上搬运了足够的食物

路上吃。她还收拾了两大包贵重的金银珠宝作为送给矮子精国王的见面礼。

天蒙蒙亮的时候，戈斯国王就带着疲惫不堪的吉蒂卡特国王赶往海边和科尔女王他们会合了，然后他们带着水手和两个被枷锁束缚的俘虏登上小船，开足马力朝着南方驶去。主子们仓皇地不告而别了，那些没了主心骨的士兵们一个个都非常绝望，见到神勇如故的宾加里小王子直接就缴械投降了。

得知父母被绑架的消息，英加心如刀绞，但他还是忍着没有流出泪水。他悲愤地对林基廷克说：“就算是走到天涯海角，我也一定要救出我的父母。我不会让戈斯和科尔那两个坏蛋得逞的。”

小王子虽然心急如焚，但他没有立即出发去追踪戈斯他们。因为作为宾加里的王子，他有责任先安排好自己的子民，让他们早日回到故乡，重建家园。

第十六章

高尚的决定

英加率领大家朝里格斯王宫走去，他决定让百姓们暂时在那里歇息。扎拉也跟着队伍一起进了城。令她意外的是，她竟在那里见到了自己日思夜想的父母，卖炭人尼克和他的妻子一眼就在队伍里看到了自己的女儿，呼唤着她的名字从人堆中挤了过去，激动地上前抱住她，老泪纵横地亲吻着她的额头。

自从扎拉提着蜂蜜离开小木屋后，一直过了两天还不见她回来，而且音讯全无。可怜的尼克夫妇牵肠挂肚，担心宝贝女儿是不是出了意外，他们每天都站在森林的小路上张望，还四处打听她的消息。直到第四天，有一位樵夫路过他们的小木屋，告诉他有人看到扎拉和英加王子乘船来到了里格斯。

听到这个消息，他们总算是放心了，然

后赶紧来到了城里。英加很有礼貌地向尼克夫妇问好，然后热情地邀请他们一起去王宫里坐一坐。他并没有忘记对扎拉许下的承诺，而且这几天通过和扎拉的接触和交谈，小王子判断她的父亲一定是个非常值得信赖的人，现在情况变得复杂了许多，接下来该怎么做，他打算让尼克帮着出出主意。

“现在狡猾的戈斯国王和科尔女王都离开了。”英加说，“里格斯和克里格斯不能没有人管理，如果任由那些士兵们作威作福，可怜的百姓们一定会身陷水深火热之中的。所以在我们离开之前，必须要找一个合适的人做这两个岛的国王。尼克叔叔，我觉得这个人选非您莫属，据我了解您是个正直、善良、有责任感的人，我相信您一定有能力胜任。”

“我的小殿下，这可使不得。”尼克吃惊地连连摇着手拒绝，“我只是一个普通的劳动者，过惯了自给自足的生活，治理国家这种事情我做不来，也没兴趣。我只求我的妻子女儿平安无事，家人团圆就知足了。”

“嗨，我说老兄，当了国王好处可多着呢。”林基廷克说，“你将深受万民敬仰，可以呼风唤雨，一辈子都有享用不尽的荣华富贵啊。你看我就是个现成的例子，过得别提多快活了——除了脑袋上的王冠有点沉，夏天还得穿着皇袍有点热——这些都不值一提。”

“陛下，谢谢您的好意，但是请不要再劝我了。我想我们不是一类人。”尼克认真地说，“锦衣玉食在我看来不过是过眼云烟，不能给我带来很久的快乐。而且里格斯是个危险的国家，那些士兵本性顽劣，管理起来困难重重，我不想自寻烦恼。我还是喜欢回我的森林里去过着清贫却安静的日子，我什么都靠自己，从不指望从别人那里得到什么，这样的日子多踏实啊。只要一家人过得其乐融融，谁稀罕当国王呢。”

“既然你不愿意，我也不再勉强。”英加说，“但是我答应过你的女儿扎拉，向她保证一定要让你们全家过上好日子。告诉我怎样做你才能满意？”

“忘掉那个承诺吧，殿下。我现在的日子就过得很好，很幸福啊，就能维持现状就是最好的，不需要任何改变。”尼克诚恳地看着英加说，“因为我一贫如洗，所以我只求温饱，日子过得脚踏实地，没有那些不着边际的欲望。然而如果我真的成为富翁，不仅自己会日益膨胀、欲壑难填，而且

还会遭人眼红，被小偷惦记，成天都得提心吊胆、郁郁寡欢，甚至会为了保护财产而丧命的。”

英加听了他这一番理论颇感惊讶，他说：“那总该让我为你们做些什么以表谢意吧。”

“让我带着妻子女儿回到森林中的小木屋，就是我最渴望的事啦。”尼克说。

“他可真是个聪明的人！或许比咱们都有智慧。”在一旁听了半天的林基廷克忽然插嘴说，“我看他讲的那些道理比我《劝善篇》上的那些箴言还要有滋味呢。他真是个足智多谋的智者，我看我们接下来还需要他的帮助，让他一起出谋划策。”

“陛下，您过奖了，这谈不上什么智慧。我只是一个再平凡不过的小老百姓，没有什么大见识，我说的那些不过是常识而已，平日里见多了，自然就明白了。我身边也有一些穷人变成了富人之后，就陷入了各种烦恼之中，会被那些势利小人纠缠，还会受到昔日同伴的疏远和白眼，甚至为了利益纠纷弄得妻离子散。而我们这些穷人们，全都是些无名小卒，大家反而更加团结，相处和睦，也不怕被别人惦记着，平平淡淡之中才更容易感受到生活的美好。”尼克说。

“你的话真是太精辟了。如果我不是生着山羊的蹄子，真想跟你握手。”比尔比尔插嘴，“不过话说回来，穷人在里格斯这种地方，被戈斯这样的暴君统治着，想要踏踏实实过日子还真不是件容易事啊。”

接下来的讨论中，大家都觉得尼克提出的建议既高明又务实，他总能讲出那些发人深思的话语，令众人对他赞许有加。最后，英加决定不再插手两个小岛的事务，他实在没有那么多精力和时间。于是他叫来了头领布鲁勃，仍然任命他为最高长官，统领所有士兵，而两个小岛的政务也都交由他来打理。小王子告诫布鲁勃，让他管好手下的士兵，并要他们发誓，从此以后不再使用暴力，不许再去邻国抢劫，否则他一定会回来把他们全都关进地牢。

然后英加把那些解放的奴隶们召集到一起，除了宾加里的百姓们，其他国家的人都可以自己挑选一艘船，带上适量的食物回自己的家乡去了。如果没有英加，这些可怜的人们恐怕一辈子都没有出头之日了，所以在他们眼里，英加就是救星。他们站在船上还在不停地向英加表示感谢，并且祝福这个勇敢的孩子能早日和父母团聚。

接下来就要安排宾加里的百姓们返乡了，那些在克里格斯岛上的妇女儿童们已经被接到了里格斯和家人团圆。整整一个国家的子民们将里格斯的王宫挤得水泄不通。英加选了二十艘结实的大船准备运送同胞们重归故里，并嘱咐他们回去之后要全力投入家园的重建工作中去，等着他和父王母后回去，他打定主意要找到自己的父母才能安心回家。

如今宾加里岛上除了满目的废墟便一无所有了，所以英加命令大家去王宫里把自己被夺走的财产、器具、用品尽可能都找回来，统统搬到船上去，这样等回到了岛上大家才能尽快地安顿下来。他们你争我抢地把戈斯王宫的每个角落都翻了个遍，多亏了尼克留下来做指挥，大伙才能保持良好的秩序，搜寻工作也进行得非常有效率，大部分东西很快都物归原主了。之后英加还让他们每人在剩下的那些财物中再多挑选几件有用的东西，他自己也从戈斯的宫殿里拿回了属于宾加里王室的那些珠宝、金银器皿，以及一些雕塑等，然后还毫不客气地拿走了几件豪华气派的摆设和古董文玩，打算日后用来布置他们的王宫——他一点儿都没有手下留情，这些都是他们应得的，里格斯的强盗们破坏了他们的家园，这些东西还远远不够补偿宾加里的损失呢。

大家用了整整两天时间总算把需要的东西都搬上了船，每艘船上还准备了充足的食物，够他们吃上两个月了。到了第三天一早，阳光普照大地，宾加里的男女老少们喜气洋洋地登上了大船准备起航了。

“可是回到宾加里谁来指挥这些百姓开展重建工作呢？我们宾加里的国民要说打鱼、挖珍珠绝对是高手，却不懂得建筑，更没有一个是做管理者的料！他们虽然一个个温良敦厚，没有非分之想，但是从来都是自顾自做事情，而没有集体协作的经验。我担心他们回到岛上会非常混乱的。”英加发愁地说。

“如果您信得过我，这个事情我愿意为您分忧。”尼克自告奋勇地说，“虽然我不想做国王，但我愿意协助宾加里的百姓们重建家园。我虽然是个卖炭的，但是造房子这种事对我来说不在话下，而且我这两天和宾加里的百姓们一起生活，觉得他们都很好相处。我的妻子和女儿都表示不想留在里格斯受那些士兵们的气了，我听说你们宾加里是个非常宜居的城市，而且你们的统治非常仁慈，更没有凶残的士兵和猛兽。这一切都令我们非常向往，所以我们请求能一起去宾加里，并留在那里。希望您能恩准。”

英加听了大喜过望，他立刻向众人宣布，任命尼克为宾加里大总管，负责指挥重建工作，并且在他和父王没有回去之前，暂时由尼克全权管理国家的大小事务。百姓们也都欢呼表示支持，因为他们在这几天的相处过

程中都很喜欢尼克，也很佩服他的指挥才能和智慧。英加还让尼克一家也去王宫里找了足够的财物和用品带去宾加里安家。

一切终于安排妥当，英加总算松了一口气。然后大船便朝着宾加里的方向起航了。当最后一艘大船消失在海平面后，英加他们也急忙登上了那艘黑色的轮船，出发去追赶戈斯他们了。小王子和胖国王谁也不想在里格斯多待一秒了，宾加里的众人离开后里格斯岛上的气氛沉闷而尴尬——那些士兵们数日来一直眼睁睁地看着他们拿走了那么多财宝，敢怒不敢言，巴不得这些人赶紧离开他们的地盘呢。布鲁勃和士兵们站在岸边安静地看着英加划着桨离他们越来越远，暗自庆幸终于摆脱了这个可怕又多事的小家伙。

在白色珍珠的帮助下，英加很快锁定了戈斯国王的航向，朝着南方奋力前进。一连八天，小王子都不知疲倦地拼命划桨，尽管如此，小王子毕竟没有三头六臂，就算是有魔法护体也不过是肉体凡胎，难免要停下来休息，而狡猾的对手可是安排了四十个水手昼夜轮流划船，片刻都不停歇。所以魔船一路上乘风破浪也还是没能看到戈斯他们的踪影。

第十七章

卡利科国王

矮子精王国并不靠海，而是在深山腹地居于一隅，这里常年无人问津，他们也不主动和别的国家来往，所以很少有人知道这个国家。而且他们的城市建在地下，如果想要寻找它，也是一件非常困难的事情。

矮子精的国土幅员辽阔，但是只和车轮人的埃夫国接壤，剩下的边界都是被陡峭的高峰和寸草不生的沙漠荒地所包围着。穿过那道不可逾越的高峰便是林基廷克的吉尔加德，穿过东边那片老鹰都飞不过去的死亡沙漠便是奥兹仙境。

顾名思义矮子精们个头矮小，相貌奇特，像小精灵一样，

而且他们的性情也是古灵精怪，最喜欢恶作剧，总是将捉弄别人当作一种乐趣，经常神出鬼没地去吓唬那些本来就有点神经质的车轮人，把那些可怜家伙吓得疯狂尖叫、连滚带爬。

矮子们居住在地下的城市里，那里有无数条交错的通道，将一个一个洞穴贯穿相连，在外人看来里面像个大迷宫，不过对矮子精们来说地下城市四通八达，他们对每一条地道、每一个洞穴都谙熟于胸。

矮子精们还有个绰号叫“诺姆”，意思就是无所不知的人，这个绰号的由来是因为他们有一种与生俱来的神奇天赋——能迅速地判断出埋在地下的金矿、宝石矿的位置，他们对财宝的直觉比狗对骨头的嗅觉还要敏感。这些小人们成天就在地道里忙忙碌碌地采矿，搬运、收集财富。和里格斯的奴隶们不同的是，矮子精们采矿不是被逼的，而是百分之百自愿的，他们往往会把找到的财宝转移到别的地方，再挖一个大洞藏起来——这是他们人生最大的乐趣。如今，矮子精国的国王是一个叫卡利科的人。

戈斯国王为了躲避英加的追捕，不分日夜地命水手划桨，火急火燎地朝着矮子精国的方向赶来，一连过了七天七夜，到了第八天早上他们终于靠岸登陆了。这一带的海岸是一片荒凉的不毛之地，再往远处是崎岖的山地。这里是埃夫国——车轮人的地盘。白天这里见不到一个人，胆小的车轮人都隐藏在乱石堆里偷偷观察这些不速之客呢。他们必须穿越这片荒漠，再翻过几座山才能到达矮子精的领地，他们的地下宫殿入口在几公里外那座最高山的半山腰，路途遥远而坎坷。

戈斯和科尔把船员们留在了船上，独自前往矮子精王国，去找他们的朋友——矮子精国王卡利科。他们粗暴地把宾加里国王和王后拖下了船，催促他们两个快点跟上。这两个可怜的人憔悴不堪，拖着沉重的脚镣，还得帮戈斯他们拿着送给矮子精的礼金——作为关押他们的酬谢。

到了山地上，遍地都是尖锐的石块，他们沿着陡峭突兀的岩壁艰难地向上攀爬，若是一不小心踩空了就会跌下去摔断胳膊和腿。他们一直爬到天黑还没有到达目的地，所以只好停下来在荒山野岭里过了一夜，在这样伸手不见五指的时候爬山无异于自寻死路。

第二天他们直到中午才到达了地下宫殿的入口，此时他们身上的衣服被割得不成样子了。而原本就衣衫褴褛的宾加里国王夫妇更是被石块划得伤痕累累，体无完肤了。

地下宫殿的入口处大大地敞开着，并无士兵把守。不过戈斯国王来过这里，他懂得这里的规矩——矮子精国王对外来者很警惕，他的洞穴里机关重重，一旦有人擅自闯入，马上就会触动机关，陷入万劫不复之地。所以戈斯国王并不急着进去，而是站在门口大声地叫喊着："这里有人吗？我是里格斯的国王戈斯，特来求见卡利科陛下！"

一眨眼工夫，他们身边便钻出了几个个头矮小的家伙，其中一个耳朵比扇子还大——他叫顺风耳，他率先跳出来得意扬扬地说："我今天一早就听到你们要来了。"

接着，那个眼睛大如灯泡的矮子精说："我知道得更早！我前天就看到你们的船朝这边划过来了。"

"这么说，卡利科国王肯定早就知道我们会来喽。"戈斯说，"看来他正在等着我吧。"

"正是如此，请跟我来吧。"那个脖子上戴着一串金钥匙的矮子精说着便转身在前面引路。

戈斯他们跟在矮子精身后在低矮的地道里穿行，矮子精们个头矮小，戈斯在他们面前简直像个巨人，他不得不弯着腰行走以免碰到额头。可怜的宾加里国王和王后拖着沉重的财宝袋，绝望而麻木地跟在最后——等待他们的可能是更加残酷的囚徒生涯，他们年纪也大了，经历了这么多折腾，已经绝望了。

他们在通道里七拐八拐走了很久，然后带路的矮子精钻进了一个洞里，他们快步跟了进去，这间房子不大，但是豪华的程度令人叹为观止，是一般人从未见识过的，虽然是在坚硬的山石中凿出来的，但是四壁平滑笔直——洞穴的墙壁和天花板上全都铺着一层金箔，晃得人眼花缭乱。地板上还四处镶嵌着五颜六色、璀璨夺目的宝石。带路的人告诉他们这里只是一间宾客等候室，让他们在里面稍做休息，他先去通报大王。

那个带路的矮子精很快就回来了，然后带着他们到了一间更气派更宽敞的穹顶大殿之中，这里是卡利科的会客厅。里面金碧辉煌，装饰着铺天盖地的宝石，所有的桌椅、摆设都是金子做成的，这里看上去要比里格斯的宫殿豪华几百倍，戈斯国王和科尔女王虽然不是第一次来这里，但还是被深深地震撼了。而宾加里国王和王后更是震惊得难以相信，这样美丽奢华的宫殿他们连想都不敢想。

大殿前面有一张象牙打造的宝座，上面铺着镶金带银的丝绒坐垫，一个胖墩墩的矮个子正坐在上面，他就是矮子精们的统治者——卡利科。他的相貌和身材跟其他矮子精一般无二，不过下巴上留着一把灰白色的胡须，长得拖到了地下，最有特色的是他的头发，在头顶上梳起来老高，还留了一截卷发向下垂着。

卡利科的一身装束雍容华贵，豪气冲天——上衣是金丝织成的柔软长袍，纽扣都是用雕刻过的宝石做成的。他头上戴着的王冠也价值连城，上面镶嵌着一圈鸽子蛋大小的钻石。他手中拿着一根金手杖，手杖的顶端是一颗比拳头还大的红宝石球。

卡利科一脸堆笑地看着戈斯和科尔，发出了爽朗的笑声，他高兴地说道："嗨，二位陛下，又见到你们了，有什么需要我效力的吗？"

"尊敬的卡利科国王，想必您已经略知一二了。这里是我们给您准备的一份薄礼，请您笑纳。"戈斯国王毕恭毕敬地说，然后对宾加里国王使了个眼色，让他们把那两袋财宝呈到卡利科面前。

"这里面装的都是些上乘的黄金和珠宝，我们希望您能帮我们看管这两个俘虏，不要让他们跑掉。"戈斯继续说。

卡利科打开袋子验了验货，看起来非常满意——他和所有矮子精一样迷恋金银财宝。他点头说道："我愿意为您效劳。不过我得先问清楚，这两个俘虏究竟是什么人？他们看起来没什么威胁，你为什么非得千里迢迢跑来我这里关押他们呢？"

"您可千万别被他们道貌岸然的外表所迷惑啊，陛下！"戈斯振振有词地说，"这两个人是宾加里的国王和王后，他们残暴地统治着他们的子民，无恶不作，前些日子竟然跑来我们里格斯和克里格斯捣乱，发动战争，企图占领我们的国家，好在我们奋力抵抗终于将他们打败了。不过他们还有个会妖术的儿子，现在正满世界找他们，要把他们救出去继续为祸人间呢。所以一定不能让那个小王子救出他们，我这么做也是一片苦心，想要维护诺耐斯迪克海域的和平啊。”

“一派胡言！”宾加里国王愤怒地指责道，“尊敬的卡利科国王，您千万不要听信戈斯的话，他完全是在颠倒黑白，真正无恶不作的是他和他手下那些士兵！”

“谁是谁非我心里自然有数。”卡利科微微一笑说道，“我就喜欢听这样动听的谎言，虽然他信口雌黄没有一句真话，可这和我又有什么关系呢？关键是戈斯是我的好朋友、好盟友。他让我帮忙看管你们，我又收了他的礼，所以就必须帮他把事情办好。这点小事对我来说根本算不了什么，我何不成人之美呢？话又说回来，你们宾加里不过是个弹丸之地，国力空虚；反之戈斯国王傲视群雄，整片海域都无人敢与他为敌，我为何要为了你得罪他呢？这世道本来就是弱肉强食，胜者为王，是非黑白都是我们强国说了算的。”

吉蒂卡特国王怔怔地看着卡利科，他想不到这个矮子精国王竟然如此直言不讳。他还试图争取最后一线希望，拼命地为自己和妻子辩解，证明自己的清白，劝说卡利科能够三思而行，弃恶扬善。

卡利科国王怜悯地看着老实而又斯文的宾加里国王、王后，手抚摸着口袋里的珠宝对他们说：“你们就死心吧，我心意已决，是不会对弱者施舍任何恩惠的。”

然后卡利科转向戈斯国王继续问道：“顺便问一句，这两个俘虏和奥兹国的人有来往吗？”

“什么奥兹国？为什么这么问？”戈斯茫然地问。

“哎，那里是个仙境，有好多法力强大的能人异士，我可不敢招惹他们。万一他们中有人认识这两个人，我的麻烦可就大了。”卡利科说，“那个奥兹玛公主法力无边，又爱管闲事，这件事千万不能让她知道啊。”

“放心吧，陛下，我敢打包票他们和奥兹国没有任何关系。”戈斯国王拍着胸脯发誓，“我征战四海都从未听说过奥兹国。何况是他们这种闭门自守的小国呢。”然后他又横眉竖目地对宾加里国王和王后仔仔细细地盘问了半天，确认他们一点儿也不了解奥兹国才罢休。

“可是我刚才听你说他们的儿子会妖术，这是怎么回事？那些个魔法不会是从奥兹国学来的吧？”卡利科不放心地问道。

“他们的儿子确实非常可怕，他是个巫师，千军万马都不是他的对手。”戈斯心有余悸地说，“不过他没有别的帮手，一直是在孤军奋战，要是认识奥兹国的人肯定早就请他们来帮忙了。他的伙伴只有一个吉尔加德的胖国王林基廷克和一只会讲话的山羊，不过他们都没有什么攻击力。”

“什么？会说话的山羊，这真令人不安，只有在奥兹国里的动物才会讲话呢。”矮子精国王狐疑不定地说。

“放心吧！那山羊绝对没去过奥兹国！”戈斯分析道，“哪有动物愿意离开仙境给胖子当坐骑，吃苦受罪呢？”

“有道理，你说的那个林基廷克我倒是有所耳闻，他的国家和我们被崇山所阻隔，虽然离得不远，我们却从没见过面。据说他是个没心没肺的胖子，成天无忧无虑，嘻嘻哈哈，确实没什么威胁。既然是这样，我们就成交吧，虽然我知道你满口胡言，但看在礼物的分上，我答应你一定会把他们关进地牢，让那个小王子永远见不到自己的父母。”卡利科郑重承诺道。

“千万别便宜了这两个懒骨头！”科尔女王终于有机会插嘴了，她解气地说，“你得多派些活儿给他们做！用鞭子抽他们，那样可有乐趣啦。”

“该怎么做，轮不到你来命令我，我只答应把他们关起来。”

卡利科说道，“至于别的，在我的国家里，一切由我说了算。”

科尔女王讨了个没趣，乖乖地闭上了嘴。

卡利科吹了声哨，叫来了几个矮子精，让他们清点了财宝，送到王宫金库里去了。然后他又叫来管家克里克——就是刚才带路的那个矮子精，把宾加里国王和王后交给他，命他把他们关押在地牢深处，严加看管。

克里克带着两个囚徒在通道里穿行，不一会儿便来到了一个小山洞前，

这个洞穴和其他洞穴差不多，看不出来是牢房。然后克里克让他们进去并为他们打开了手铐、脚镣，而且还为他们准备了一顿热腾腾的晚餐，让他们坐下踏踏实实地吃了一顿。

这对落难的贵族好久没有这么好的待遇了，他们惊讶地看着克里克，感动得不知道说什么好。吃完饭，克里克收拾了餐具便离开了，临走前他嘱咐他们："你们虽然是国王的囚徒，但不是奴隶，在这里你们会得到很好的照顾，不过记住你们千万不要企图逃跑，自找麻烦。"

克里克关上房门，加了一道锁便离开了。吉蒂卡特国王和嘉莉王后终于得到了短暂的自由，夫妇二人抱头痛哭起来。他们的泪水已经压抑了太久，虽然现在他们仍然被囚禁在房间里，不过境遇和落在戈斯夫妇手上那般光景相比已经改善太多了，他们已经非常知足了。

自从二人离开宾加里成为俘虏以来，这还是第一次在没有看守的情况下独处，终于可以在一起说说心里话了。他们在悲叹自己的命苦的同时，也看到了希望，刚才从戈斯国王的话语间他们判断出英加已经拿到了魔法珍珠，正赶过来要解救他们。两人互相安慰着，祈求自己的儿子快点到来。

与此同时，矮子精国王在他的地下宴会厅大摆排场，设宴款待了戈斯国王和科尔女王，那两个坏蛋见自己的诡计终于得逞了，高兴得眉飞色舞，跟卡利科国王举杯庆祝，干了一杯又一杯，一直折腾到深夜，喝得酩酊大醉才去休息。

第二天上午，戈斯和科尔便离开矮子精王国，去找自己的船只和船员，打算回自己的岛上了。他们临走前还对卡利科国王千叮咛万嘱咐，叫他一定遵守承诺，无论如何不能放走那两个俘虏。

第十八章

失去粉红色珍珠

英加他们在白色珍珠的指引下一路追寻戈斯的踪迹，终于来到了埃夫国的海滩上。他们老远就看到了戈斯的大船，于是马上靠过去看个究竟。

不过遗憾的是戈斯、科尔还有他的双亲都不在船上。英加因为要安顿宾加里的百姓所以耽搁了两天时间，现在紧赶慢赶终究还是让戈斯抢先了一步。守在船上那四十个水手看到小王子来了吓得大气都不敢喘，他们知道小王子英勇威武，谁也没胆量去招惹他。英加盘问他们戈斯和科尔把他的父母带到哪里去了，那些人纷纷摇头表示不知道，他们的主子并没有把自己的行踪告诉这些手下。

不过就算他们不说白色珍珠也知道正确的位置。

英加他们很快穿过了埃夫国的那片荒漠，来到了崎岖的山路上。这样的路对胖国王来说走起来非常不容易，还好他可以骑在山羊的背上。他抬头仰望着高耸的群山，知道自己的国家就在这后面，不过眼下他是没法翻过山回去的，他也没打算回去，因为他已经决定一定要帮助英加实现愿望。

比尔比尔也不擅长在陡峭的山岭间攀爬，所以他一腔怨气地指责主子对自己太狠心。林基廷克一路上都非常紧张，因为山坡很陡，又非常颠簸，他好几次险些从羊背上摔下来。

几个人在山路上缓步前行，走了两三个钟头竟然远远看到了戈斯国王和科尔女王。他们为免打草惊蛇，便悄悄躲到旁边一块巨石后面藏了起来，屏住呼吸等待他们离开。现在英加的父母不在他们手上，显然跟他们交手纠缠不会有任何结果，而且说不定还会被他们算计。那两个坏蛋还沉浸在胜利的喜悦中，全然没有察觉到对手和自己只有咫尺之遥。

“他们把你的父母藏在哪了？”等他们走远了林基廷克问道，“我们应该问问他们。”

英加说：“具体怎么走我们问白色珍珠就行了，我现在至少可以确定我的父母还都安全健在。”

林基廷克点点头，三位伙伴继续闷着头吃力地往高处爬去。冷不丁，林基廷克噗嗤一声笑了出来，接着他越笑越开心，竟然乐得停不下来了。

山羊皱着眉头，英加纳闷地问：“陛下，现在有什么事情值得您那么高兴啊？”

“嗬嗬嗬——我竟然到了矮子精王国！和吉尔加德就隔着几座山，咿——哈哈哈——真是天大的笑话，我那些臣民想破头也想不到我能到这儿来啊——他们要是知道我就在这儿，得多么吃惊啊——哈哈，他们一定会担心死的，这里可是个魔法横行的地方，我早就想来这里玩玩了，肯定能遇到很多刺激的冒险。不过那些胆小鬼总是阻止我，怕我受伤或者中邪——嘻嘻——这回他们可管不了我喽！”

“亏您笑得出来，难道陛下一点儿也不为自己的处境担心吗？”英加问，

“如果矮子精懂魔法，那他们一定很不好惹，我们可有一场硬仗要打啦。”

“说起来我确实有那么一点点害怕。”林基廷克诚实地说，“听说现任的矮子精国王并不是很坏，不过我们到人家的地盘上给人添堵肯定不会受欢迎。你有那三颗珠子保护着自然是不必担心，可我就不一样了，万一不小心或者被迫跟你分开肯定就凶多吉少了，依我看要不你借我一颗珍珠保平安吧。”

“好吧。”英加爽快地答应了，林基廷克说得不无道理，他要解救自己的父母哪还有工夫为了照顾伙伴分神呢，所以不如分些魔法让他自保才是上策。“那你要哪一颗呢？”英加问。

林基廷克思考了一会儿回答说：“我要那个粉色的吧，只要能保平安就行了。我人胖，来了危险躲也躲不掉，更没有什么战斗力，那颗蓝色珍珠给我就白白浪费了。而你要救出父母少不了一番打斗，所以需要倚靠蓝色珍珠的力量，还有白色珍珠的智慧。”

英加觉得胖国王分析得不错，于是从鞋子里拿出粉色珍珠交给了他，然后再三嘱咐：“你可不要弄丢它了。不然，我们就会有麻烦了。”

“放心吧！我就把它装在贴身背心的口袋里，没人能偷走它。”林基廷克说着就把珍珠放进了那件丝绒背心的口袋里，然后还把口袋的盖朝下别得严严实实的，这样就更加万无一失了。

他们歇了一会儿继续朝前走，一鼓作气走到了矮子精地下宫殿的入口，这时太阳还没有完全落山。洞口静得出奇，周围没有任何人的踪影。英加并没有冒冒失失地闯进去，他想还是应该先礼后兵，客客气气地跟矮子精国王谈判，尽量避免争斗，于是他拿出白珍珠询问：“我们应该怎么做？”

“站在洞穴宫殿的入口，拍四下手，大喊克里克的名字，就会有人带你进去见国王了。”白色珍珠回答。

英加立刻照做了，果然，话音刚落一个身材矮小的人就闻声赶到了，他脖子上戴着一串金灿灿的钥匙，这就是矮子精国王的大管家克里克了。克里克有点惊讶地望着他们，然后什么都没有问，便直接带他们去了卡利科的会客厅。这会儿这位国王正一脸愠色地倚在象牙宝座上，他昨天晚上

被灌醉了，一直睡到下午才醒，这会儿头痛欲裂，非常烦躁。

还没等英加开口，他就不耐烦地说："我知道你要来这里做什么！不过你休想带走那两个宾加里的囚犯！还是听我的劝，赶紧离开吧，小娃娃。"

"尊敬的陛下，他们是我的生身父母，我如何能弃他们于不顾呢？"英加诚恳地说，"不管怎样我都要把他们救出来，带他们回家！"

卡利科看到小王子这样坚持己见心中很不开心，他瞪了英加一会儿，又转头打量起了林基廷克。

"不用猜，一看体形我就知道你一定是吉尔加德的国王林基廷克。"卡利科说。

"呼！你说得完全正确！"林基廷克大笑起来。

"我真是意外，没想到你竟然胖得像个皮球。"卡利科说。

"看起来咱们应该是一个重量级的呀，哈哈哈——卡利科国王，看到你我就有种一见如故的感觉！"林基廷克嘻嘻哈哈地说，"说真的，咱们真是太像啦，从矮墩墩的身高，到这圆滚滚的肚子——嘻嘻——除了脾气和智商不像——咿嗨嗨——"

他自顾自笑得欢实，卡利科国王却有点儿摸不着头脑，他看着林基廷克认真地琢磨他这一番话究竟是在套近乎还是挖苦讽刺。

卡利科又把目光转向比尔比尔，他问林基廷克："这就是那只会说话的山羊？"

比尔比尔抬着头怒视着卡利科，眼睛都快要喷出火来了。他不喜欢地洞里憋闷的环境，心情甚是不爽。

"正是！陛下。"林基廷克回答。

"他真的会讲人话？"卡利科走下宝座，来到比尔比尔身边，好奇地审视着这头貌不惊人的牲口。

"真会。不过他说不出来什么好话，全是些不中听的骂人话。"林基廷克说，"比尔比尔，快点给卡利科国王讲两句话！"

比尔比尔愤怒地吹着气，死活不肯开口，他犯起倔来谁劝也不听。

"你平常总是骑在他背上吗？"卡利科换了个话题给自己找个台阶下。

“没错，如你所见，我是个大胖子，不能走太远的路，这一点我想陛下您也一定深有体会吧。”林基廷克笑着说，“我个子又矮，只有骑山羊上去下来还方便些，所以无论到哪里去我都离不开这个老家伙。他对我来说太重要了。”

“这话倒是说到我心坎上了，你下来让我试试！”卡利科饶有兴致地说，“如果我喜欢，以后他就归我了。说起来你们到我这里来怎么连个礼物也不知道带呢？未免太失礼了吧。”

林基廷克没有说什么，他微笑着站到地上，然后帮助笨拙的卡利科爬到比尔比尔的背上坐好。卡利科骑上山羊耀武扬威地冲比尔比尔吆喝着让他出发，可任凭卡利科怎么大呼小叫，比尔比尔都像没听到一样站在原地动也不动。卡利科朝着比尔比尔的肚子狠狠踢了一脚，比尔比尔哪里受过这种气，它猛地跳起来，在洞穴里横冲直撞，东奔西跑，又是跳又是尥蹶子。卡利科坐在他的背上起起落落，颠来颠去，骨头都要散架了，他惊叫着让比尔比尔赶紧停下来。可是没有任何用处，这会儿林基廷克也只能束手无策地站在一边，他很清楚比尔比尔的脾气，他生起气来可不是那么容易就能消的。

最后，比尔比尔冲到了一堵石墙跟前，猛地停了下来，他背上的卡利科猝不及防，在冲力的作用下被猛地甩了出去，一头撞到了墙上。林基廷克和英加猛地一惊，知道这次的祸闯大了。矮子精国王瘫倒在地上，过了半天才爬起来，他头上的王冠被撞得完全扭曲了，斜着卡在了脸上，上面镶嵌的钻石都脱落掉到了地上，金箍挡住了一只眼睛——多亏有这个王冠挡了一下，不然他的脑袋肯定就开花了。卡利科气哼哼地咕哝了一通，他那副样子别提多滑稽了，看着卡利科国王的丑态，比尔比尔得意扬扬地在地上蹭着蹄子，林基廷克也开心地大笑起来。但是英加这会儿捏了一把冷汗，感到大事不妙。

矮子精国王兀自走到宝座上坐下，然后叫来了克里克，命令他去取一顶新王冠过来。还叫来工匠让他们把坏掉的王冠拿走修复。他恼羞成怒地瞪着三位不请自来的陌生人，那凌厉的眼神有种穿透骨髓的寒意。英加被看得浑身发毛，连林基廷克也不再嘻嘻哈哈地笑个没完了。

等克里克拿来了新王冠后，矮子精国王将它戴在头上，然后暴躁地说："你们！全都跟我走！"

他带着他们走出了洞穴，来到了通道的另一端，卡利科带着他们走进一个洞口，来到了一处开阔的阳台，他们现在位于整个地下宫殿的顶层，距离最下面大概有几十米远。英加抬起头仰望，感觉地下宫殿的拱顶像天穹一样宽阔；向下俯视是一个大约十亩的广场，四周是密密麻麻的洞口，看起来所有的通道都是汇聚到这个广场来的。

英加发现了一个奇怪的现象——矮子精们所住的地下洞穴藏在坚硬的山石下面，密不透风，更没有任何光源，而且现在外面应该是夜晚，但是洞穴里面却亮如白昼，他一路上认真地观察着四周的墙壁和洞顶，但是没有找到一盏灯——这光亮又是从何而来呢？小王子百思不得其解。

卡利科从口袋里摸出那只金色的口哨，用力吹了一下，随着尖锐刺耳的哨声响起，只见不计其数的矮子精士兵手持武器，从洞口里涌出来，动作迅捷、整齐划一。只用了二十秒钟他们便排好了列兵方阵，英加看着广场上挤满了人，黑压压一片，不觉有些眩晕。卡利科的军队比戈斯那帮虾兵蟹将要正规多了，他们军姿站得一丝不苟，散发着一种令人畏惧的强大气势，整个地洞里鸦雀无声。英加当然明白矮子精国王这是在向自己示威，想让他不战而退。

"很好！现在解散！"卡利科一声令下，他们便悄无声息地迅速散去了，只用了不到十秒钟，大广场上又空无一人了。

"英加，看到了吗？这些士兵只是我手下矮子精大军的十分之一，我的兵力天下无敌。我听戈斯说过，你的魔法很是厉害，可我们矮子精天生就不是凡人，我们个个都懂得魔法，并不害怕跟你一较高下，你那两下子只能唬住戈斯那种俗人，到了我们面前十有八九就不堪一击了。我最后一次奉劝你还是快点离开吧，这样对我们都好，如果你要是再执迷不悟，可休要怪我不客气了。"

"尊敬的陛下，请恕我无礼，让我留在这里吧。"英加悲伤地请求道，

"不试一试我是不会甘心的，如果不能救出我的父母我绝对不会离开矮子精王国！"

"没想到你竟然这么冥顽不化！"卡利科不高兴地说道，"是去是留随便你吧，我今天身体不适，不能再陪你们了。我会让克里克安排你们住下，你们也早点休息吧，有什么要说的留着明天再聊吧。"

卡利科的气度令英加颇感意外，他没有料到这个面带杀气的矮子精国王竟然这么通情达理，对他的看法不禁大为改观，甚至在心中生出了一丝幻想——说不定他禁不住英加的苦苦哀求，有朝一日会网开一面放走他的父母呢。

英加和胖国王客气地跟卡利科道了晚安，并祝他的头痛尽快好起来，然后跟着克里克离开了会客厅。英加打听后才明白，走廊里之所以显得灯火通明其实都是矮子精施的幻术，而他们呼吸的空气和感觉到的流动的气流也是魔法变出来的。

经过了一段漫长的弯弯绕绕的旅程，克里克将英加他们带进了一个舒适敞亮的套间，这是三间并排相连的隔间，只有第一个房间的大门可以通向走廊，每间房都由坚实平整的岩石隔开，但房与房之间留有一道石门，两侧都可以上锁。第一间房最宽敞，里面的那张床也最大，所以它被分给了胖国王林基廷克；中间那间房稍小些，但是布置得也很美观大气，这间是英加的；最里面那个小房间里没有床，只有一个草垫，这是给山羊比尔比尔安排的。

接着几个矮子精陆续将饭菜端进了林基廷克的房间，还给他们斟上了美酒。因为只有林基廷克的房间地方大，有张双人餐桌，所以几个伙伴便坐下享用主人的盛情款待。矮子精们虽说不食人间烟火，但他们做的饭菜色香味俱全，从摆盘到味道都是非常讲究的，手艺比林基廷克的王宫御厨还要强些，胖国王边吃边叫好。

克里克看他们吃得甚欢便打算告辞了，他说："希望你们能明白，我们大王并不想针对你们，但是也不会和你们做朋友。你们也应该好自为之，不要做些没分寸的事情，惹陛下不高兴。只要你们守规矩，在我们矮子精王国里想待多久都可以。你们吃好喝好，我就不打扰了，祝你们做个美梦，一觉睡到天亮。”

克里克说完便扬长而去了。等到他的身影消失在通道尽头，林基廷克和英加马上开始继续商量接下来的计划。英加又拿出了白色珍珠，想听听它的意见，不过这回白色珍珠只给了一句模棱两可的忠告：“一定要坚持住，要有恒心、决心、勇气和智慧。”英加觉得这话听起来不那么顺耳。

酒足饭饱之后，英加在林基廷克的建议下决定到矮子精四通八达的地下城摸一摸路子，要是走运的话没准他们今天就能发现宾加里国王和王后被关押的地点呢。一伙人悄悄走出房间，在灯光闪烁的通道里穿行。这里的地洞真多啊，而且到处是岔路，一路上他们遇到了许许多多的矮子精，不过没有一个人搭理他们，大家都在忙碌着，有的在开矿，有的正推着一车金子往大熔炉里送。

在一个巨大的洞穴里，熔炉正在嗡嗡地运转着，一群矮子精正专注地把融化的金水注进模具里，然后放入冷水中淬火，一件件精美的纯金工艺品就这样诞生了。

他们继续往前走，又来到了矮子精大军的营地；又发现了一间厨房一样的山洞，这里有炉灶和炊具；还看到了几个储藏珠宝的山洞，里面堆满了小山一样的五颜六色的宝石。他们走了大约一个钟头，感到非常疲惫，决定放弃寻找回去休息，这时才发现已经完全迷失在偌大的地下城里，怎么也绕不出去了。在他们看来每一条路和每一条通道几乎都是完全一样的。

正当他们急得团团转的时候，克里克竟然出现了，他先是将他们嘲笑了一番，然后带他们回到了住所。英加知道，在这个巨大的迷宫城市里凭他的一己之力想要找到父母被关押的地点希望几乎为零，方才若不是克里克及时出手相助，恐怕他们会被活活困死在里面——他以后再也不敢擅自走动了。

三个伙伴进了各自的房间很快便睡下了，他们今天长途跋涉都累坏了。林基廷克特意从里面锁上了那道通往走廊的石门，而三个房间之间的门是敞开的。他们一躺到床上灯光突然全都灭了，整个套间里黑得伸手不见五指。他们不一会儿就沉沉地睡着了。

到了半夜，英加突然被一种刺耳的声音惊醒了，他坐在床上静静地倾听，那声音停了片刻又响了起来，好像是齿轮转动的声音混杂着石头摩擦的声音。英加忽然感到天旋地转，他确定自己不是在做梦，而是真真切切地感受到整张床都在旋转。小王子感到非常惊恐，他慌忙走下床，摸索着走到了墙壁旁，想要找到通往林基廷克和比尔比尔房间的入口，看看他们是否也听到了这个动静，不过奇怪的是，他绕着房间走了三四圈却没有摸到房门——他躺下的时候还看到通往那两个房间的门是敞开着的，这是怎么回事呢？

小王子心中有些不安，他回到了床上翻来覆去地思考着，不过他实在是太困了，不一会儿又恍恍惚惚地睡了过去。

英加再次醒来的时候，天已经大亮了，不过英加知道这都是矮子精的魔法，他的屋子四壁都被堵得死死的，根本不可能有阳光照进来。他床前的小桌上摆放着喷香的早餐——这一定也是魔法，因为石门都是关着的，根本不可能有人进到这个封闭的密室里来。

英加起来第一件事就是跑去推开石门想要跟朋友们会合。然而两扇门都关得死死的，尽管他有蓝色珍珠赐予的无敌神力也完全无法把门打开。英加忽然意识到他们可能是被卡利科分开软禁了起来，这下可大事不妙了。

小王子忧心忡忡地坐到桌旁草草吃了几口早饭。正在他心急如焚的时候，忽然听到了轻微的咔嚓一声，他朝林基廷克房间的门跑过去，轻轻一推，门竟然打开了。

英加走进去一看，里面根本没有林基廷克的身影——这根本就不是林基廷克的房间，而是一条积满了灰尘的废弃通道！小王子终于清醒地意识到这一切都是那个面慈心狠、口是心非的卡利科设下的陷阱。此时，他想起白色珍珠昨天的忠告才恍然大悟。

英加又试着推了推对面比尔比尔房间的那扇门，石门也开了一道缝，他看到门后是坚固的石壁，无论怎么推也还是纹丝不动。他不想一辈子待

在囚室里，他无论如何也要走出去，这样才有希望解救自己的父母。所以他只能硬着头皮顺着那条灯光昏暗的通道往前走。这个过道和之前走过的那些截然不同，它非常窄，像是临时劈出来的，墙壁凹凸不平，地面上还有很多碎石。

英加小心翼翼地向前走，才走了没几步，只听哐当一声，身后的石门自动关上了，他跑回去用力地推却推不开——这下退路也没有了，他只能义无反顾地往前冲了。越往前走，四周越昏暗，他摸索着走到了一个宽阔空旷的大洞里，顺着依稀的光线看到对面有一条小道，于是鼓起勇气穿过大洞继续朝前走。第二个过道蜿蜒曲折，绕来绕去，不过好在没走多久便来到了第二个洞穴，这个洞穴虽然更小些，但和前面那个差不多，也是空无一人，也是在一端连接着另一条通道。

英加别无选择，只能继续朝前走，很快便来到了第三个山洞，这里有一道奇怪的栅栏，铁铸的栏杆比胳膊还要粗。英加无暇关心栅栏后边究竟藏着什么，而且里面太黑他什么也看不到。这个洞的深处一片漆黑，不知道通向哪里，不知道会不会藏着什么危险。英加壮着胆子摸着墙壁朝前走去，他摸索了半天，判断出这边没有出路，于是打算转身返回。谁知忽闻一声巨响，一道钢板从天而降，阻断了他的去路，还切断了光源，小王子顿时陷入了一片令人绝望的漆黑之中。他只能伸出双手来回摸索着。

突然，一副冰冷沉重的手铐落在他手上，自动将他的双手铐了个结实，英加还来不及做出反应，面前就有一根铁柱拔地而起，一直扎进了高高的洞顶，将他拦住了。

英加吃了一惊，不过有蓝色珍珠的力量，这些雕虫小技根本难不倒他。他稍稍用了一点力量，手铐就被扯断了，然后他继续摸索着寻找出口，很快便顺利地拗断铰链，推开了钢板，回到了第三个洞穴里。不过此时这里的光已经全都灭了，英加只看到刚才栅栏那个位置上空有两团红色的火球闪着幽幽的光，借着这微光他看到那个栅栏不知什么时候已经被搬开了。他定睛一看，才发现那两团火球其实是一双眼睛——一个浑身长着长毛的巨人正坐在洞口堵住了通往第二个山洞的路。那巨人少说也有两层楼那么

高，他的手臂比英加的腰还要粗，一把就能把小王子捏得粉身碎骨。他凶狠地瞪着英加，张开血盆大口，露出了比刀子还要锋利的牙齿。他用沙哑的嗓子挑衅道:“小子！让我们来战斗吧！如果你能打败我，我就让你通过！不然，你就得乖乖让我吃掉。”那低沉而底气十足的声音震得英加鼓膜都要碎了。

英加这时候已经开始后悔不该把粉红色珍珠让出去了，面对着这样一个庞然大物，纵然他有再大的力气恐怕来不及施展就已经被一拳打死了。不过英加并没有表现出丝毫的畏惧，他也没有慌张，而是沉着地思考了片刻，便转身回到刚才的地方，握住那根长长的铁柱轻轻往上一提，便把它拔了下来。这实心铁柱少说也有四五百斤呢，但到了英加手里简直就成了纸糊的一样。

英加知道自己个子小赤手空拳对付巨人太吃亏，所以灵机一动找来了现成的武器帮忙。他扛起铁柱朝着巨人加速跑了过去，然后瞄准两个红色火球中间的位置猛地把铁柱掷了出去。

只听一声闷响，巨人躺倒在地，红色的火球也熄灭了。英加来到巨人身边，确定他已经死掉了。小王子信心倍增，挤进了前面的通道，大步向第二个山洞走去，却忽然听到地下传来了稀里哗啦的声音，地面也开始剧烈地颤抖，紧接着他脚下的岩石猛地向下塌陷下去。他猛地伸手抓住了身边一个凸起的岩角，站稳脚后从兜里摸出一根火柴，擦亮一看，吓出了一身冷汗——好险啊，第二个洞穴的岩石地面已经完全碎裂崩塌了，形成了一个深不见底的沟壑，要不是自己刚才反应灵敏恐怕就没命了，但他还是被困在洞穴中了。

英加知道坐在这里等永远也别想得救，能指望的只有他自己了。他掂量了一番，觉得这条沟大约有十米宽，对面便是结实的地面，或许可以跳过去，为今之计也只有放手一搏了。

英加果断地向后退到了第三个洞的洞口，然后加速助跑，冲向第二个洞口，在踩到深沟边缘的一刹那猛地腾空而起，在空中飞跃了一段距离，然后有惊无险地落到了沟的另一边。

英加一鼓作气，没有停留就继续朝第一个洞穴跑去，他刚转过弯，眼睛便被一阵强烈的光刺痛了，他下意识地捂住眼睛，适应了一会儿才睁眼朝洞里看去——这也就过了一个钟头，刚才空空如也的洞穴竟然已经被滚烫的岩浆覆盖了地面，到处还窜着群魔乱舞的火舌。洞穴仿佛成了一个大熔炉，滚烫的热气灼痛了英加的皮肤，他的眼睛疼痛难耐，流泪不止。他看着一地冒着泡的沸腾的红色熔岩，有些心灰意冷了。这个洞比刚才那两个都要宽，根本不可能跳过去。可是这一地的岩浆在里面走上十来步脚就被烫熟了，自己肯定会被活活烤死的，看来自己今天就要在这里送命了。

他伤心欲绝地责怪自己不该那么爽快地让出粉色珍珠，如果粉色珍珠还在，他完全可以如履平地般在岩浆上行走，什么也不用担心。小王子难过地抽泣了一会儿，便重新振作了起来。他知道天下没有卖后悔药的，眼下必须好好动脑筋，无论如何也要想办法走出困境。他暗暗给自己鼓劲，提醒自己除了拥有力量、胆量、决心，还要动用智慧。

经历了这么多艰难险阻，英加已经养成了愈挫愈勇的性格，也学会了随机应变。他忽然注意到了墙壁上凸起的岩角，于是灵光一闪，想出了一个妙计。他把墙上大大小小的石块都掰了下来，然后铺在了岩浆的上面，准备从上面跳过去——只要不直接接触岩浆，他就没那么容易受伤了，而且由于扔的比跳的远很多，那条石头铺的路完全能够抵达对面，从岩浆中横穿而过。这可真是天助自助之人，只要不放弃就一定能绝处逢生。

英加很快铺好了石块路，然后毫不迟疑地跳到了第一块石头上，紧接着又准确地落到了第二块石头上，接着跳到第三块、第四块——他屏住呼吸，承受着高温的灼烧，在火海中奋力向前冲，他感觉两眼发昏，不得不加快了速度，但同时还要保证落点的准确性，稍有差池便劫数难逃了，但是他根本顾不上想那么多了。

当英加最终踩到了冰凉的地面时，他已经大汗淋漓快要虚脱了，他全身被烤得通红，倒在地上不停地翻滚，好让岩石地面帮自己降降温。他的脚被烫出了水泡，每走一步都会觉得疼，不过好在并无大碍，多亏了那双

鞋的底子厚实耐热。

英加在地上躺了很久才慢慢缓过劲儿来。现在他又回到了早上的出发点，他打算想办法推开那道石门，回到自己原来的房间里再继续找出路。他顶住那道石门，谁知还没开始推，石门竟然自己打开了。英加被扑面而来的强光晃得有些睁不开眼，他抓住时机一跃而入，进去才看清——眼前这个已经不是之前的房间了！卡利科正在龇牙咧嘴地揪扯着自己的胡须和头发，愤怒得表情都扭曲了；一旁的克里克那大惊失色的模样仿佛看到了鬼；胖国王也在场，他骑在比尔比尔背上冲着小王子露出了胜利的微笑。

第十九章

林基廷克笑到了最后

英加搞不清楚究竟发生了什么，他赶紧跑到林基廷克旁边跟自己的朋友们聚在一起。

原来今早在英加经历种种冒险的时候，林基廷克也在接受一系列的考验。胖国王一早醒来，就发现通往英加房间的那道门从里面锁上了，怎么也推不开，他满怀疑惑地坐下来吃起了早饭。正在这时，克里克走进来对他说："卡利科国王想要见你。"

林基廷克感觉到事情不会那么简单，他下意识地摸了摸背心口袋，知道粉色珍珠还安全地待在里面，自己会受到保护，心情马上轻松了下来。他跟在克里克身后走了没几步，忽然从天上掉下一块巨大的石

头，在珍珠的保护下，石头被弹到了胖国王身后，轰的一声裂成了两半。

“好险！差点儿要了我的命！”林基廷克尖叫着，继续朝前走，克里克回头吃惊地看了看林基廷克，什么都没有说。谁知道才走了五步，又一块坚硬的巨石不偏不倚地朝着林基廷克的脑袋落了下来，不过这次当然又被弹开了。

“嚯嚯——还好我命大！”胖国王打趣地说道。克里克的脸色更难看了，这显然不是他想看到的局面。

接下来，大大小小的石头接二连三地砸下来，简直像发生了一场山崩，可就是没有一块能打中林基廷克，就连他的衣服都没能碰脏。当胖国王走进会客厅，安然无恙地站在卡利科面前的时候，矮子精国王那张灰色的脸都吓白了。

“嗨，我说陛下，您的宫殿真是年久失修了，刚才我一路走过来总有石头脱落，简直是玩命啊！您还是赶紧找人来彻底修缮一番吧，万一哪天把您自己砸死可就糟透啦。”林基廷克一本正经地说道。

卡利科当然听出了嘲讽的意味，不但计谋没有得逞，还被胖国王这样揶揄自己，他的面色更阴沉了。卡利科对林基廷克说：“为了表示友好，我有件宝贝要送给你！”他说着从怀里拿出一团金色的丝线，“这可是我们的工匠用了九天九夜才做出来的纯金丝线。它不仅美观漂亮而且还有魔法呢，不信你看！”

话音刚落，那条丝线真的自己动了起来，然后金蛇狂舞般绕着林基廷克上下左右转圈子，林基廷克被晃得眼晕，等他看清楚怎么回事的时候自己已经被金丝线变出的坚固牢笼困在里面了。

“哈哈哈——”卡利科得意地笑了，“很有趣吧？这可是我们矮子精王国一流的魔法了。”

“我看就那样吧。”林基廷克轻松地说着，然后用手轻轻拉扯了一下金栅栏，只见那牢笼倏地瘫软在地，那些金丝一动不动地散落在林基廷克的脚边。卡利科困惑地看着林基廷克，过了半晌才缓缓开口说：“陛下的魔法我领教了，果然高明，不过这路数我真看不明白，还望赐教。”

“卡利科，我的魔法算不上厉害，不过对付你还是够的。我只能告诫你不要再耍花招伤害我和我的朋友了，这都是白费力气。”林基廷克心里虽然很不安，但还是装出一副无所畏惧的样子对矮子精国王说道。

“好了好了，别为这点小事伤了和气，我只是想和你比试比试魔法而已。你是我的客人，我应该好好招待你。”卡利科一边说一边坐回了他的象牙宝座，“我可不是坏人，可是那个小家伙跑到我的地盘上来挑衅，多让我没面子啊——”

卡利科正说着，他的手指悄悄按了座椅扶手下侧的一个按钮，林基廷克脚下的地面顿时消失了，露出了一个无底洞。

林基廷克还是一副悠然自得的样子，他并没有像卡利科想象的那样毫无防备地跌进深渊被永远关起来，而是轻飘飘地浮在空荡荡的洞口上。他从容地伸出双脚跨越洞口踏到了坚实的地面上，然后两腿向中间并拢，那个洞口竟然缓缓合上了，地上连一条缝都没有留下。

望着愁眉苦脸的卡利科，林基廷克说：“陛下，如果您非得要玩下去，我愿意奉陪到底。只不过我站了这么半天觉得很累了，能不能帮我把比尔比尔牵来？”其实林基廷克这么说完全是出于保护比尔比尔的意图，他看出来卡利科是诚心要整治他们，他倒是不担心英加，可比尔比尔只是血肉之躯，没有任何保护，哪里承受得住卡利科这些魔法的攻击呢。

“这个没问题。”卡利科说着便叫来克里克，命他去把山羊带上来，“你要是不提，我还真把那头畜生给忘了。昨天他在我面前撒野还把我心爱的王冠给撞坏了，我还没找他算账呢。你的魔法确实厉害，不过那山羊除了会说话应该没别的本事了吧？”

林基廷克听出卡利科的口气不怀好意，心里七上八下的，翘首盼着比尔比尔赶紧到来。比尔比尔一脸盛怒地跟着克里克来到了大厅里，他昨天没有睡好，地洞里太憋闷了，草垫也不够柔软。林基廷克顾不上安慰自己的老伙计，赶忙爬到了他的背上，这样他也能得到粉红色珍珠的保护了，他们也不用再担心卡利科的阴谋诡计了。

卡利科转身对克里克轻声咕哝了几句，然后转过头笑着对林基廷克说：

“老兄，我还有事情要做，先失陪了，你们就在这里休息一会儿吧！我会赶在午饭前回来的——哈哈！这一定很有趣，过不了多久你们就成了一块一块的——嘻嘻嘻！——”

“他笑得多开心啊，不是吗？”比尔比尔说道，“这回你怎么没跟着笑？”

“他那是笑里藏刀哦。”林基廷克叹了口气说，“先让他去笑会儿吧，谁笑到最后才能笑得最好。”

正说着，天花板上忽然掉下了几把尖刀，锋利的刀尖笔直朝下闪着刺眼的寒光，朝他们飞了过来！比尔比尔受到惊吓奔跑着想要躲开那些刀子，林基廷克倒是不太在意，可是接下来那刀子越来越密集，下落的速度越来越快，他们根本无从躲闪了。

比尔比尔很快才发现那些刀子其实根本碰不到他们，都在距离他们身体几厘米的地方被弹了回去。于是他也不再躲闪了，开始在大厅里悠闲地散起了步。

又过了一会儿，那些刀子改变了方向，有的直扑他们面门，有的从背后偷袭，满屋子刀光剑影，晃得人心烦意乱，不过他们还是毫发无伤。

过了大约一个钟头，明晃晃的刀子突然全都消失了，大厅的门开了一道缝，卡利科站在门口探头探脑地朝里面张望。他这一看，真是大失所望——胖国王正拿着羊皮卷边读边笑，乐不可支，比尔比尔站在他的象牙宝座旁，嘴里正嚼着他搭在座椅上的皇袍那翠绿色的下襟。

“嘿，卡利科国王。”林基廷克若无其事地跟矮子精国王打招呼，“刚才还真是刺激呢，我们看到了很多不可思议的幻象，确实很有意思。不过我们并没有变成一块一块的啊。”

“你的魔法果然厉害。”卡利科认输了，“不过我在想，那个小王子恐怕不会像你这么走运吧。”

“你这话什么意思？”林基廷克突然紧张起来。

“他正在接受的考验比你的强度要大得多呢。他被困在了我的三大绝命阵里，不出一天必死无疑，几千年来还从没有人能从里面活着闯出来呢。”卡利科说完又阴阳怪气地笑了。

林基廷克很为英加的安危担心，他知道尽管蓝色珍珠能给英加无穷的力量，但是并不能令他刀枪不入，很多事情运气比力量更重要。不过他不能让卡利科看出自己心虚，于是故作淡定地说:“我那个伙伴比我的本事大得多，不如我们就拿头上的王冠做赌注，看看他究竟能不能活着出来。”

“我才不稀罕你那不值钱的破王冠呢，它还不及我王冠上的一颗宝石值钱。”卡利科高傲地说，“不过我愿意和你赌一把，如果小家伙真能闯出来，我便输得心服口服，承认你们的魔法更胜一筹，而且保证以后不再给你们找麻烦。”

林基廷克和比尔比尔跟着卡利科和克里克穿过了几个山洞后来到了一个很亮堂的房间里，克里克按下了嵌在岩壁里的一个突起，屋子里的一道石头暗门缓缓打开了，没想到英加就好端端地站到了他们的面前。

“真是妖怪！”卡利科失声尖叫，“他怎么可能做到？！”

第二十章

多萝茜的营救

一天上午，奥兹国的多萝茜公主去了女巫格琳达的寝宫里做客，她最喜欢做的就是翻看格琳达那本又厚又重的魔法记事簿，上面记录着每时每刻世界各地发生的新闻。突然她无意中翻到了宾加里国的那几页，惊讶地获知那里遭到了邻国的侵略，整个国家被洗劫一空，摧毁殆尽，上到国王下至百姓都被掳走当了奴隶，只留下了小王子英加、胖墩墩的林基廷克国王和一只脾气暴躁却忠心耿耿的山羊。她立刻对这件事情产生了浓厚的兴趣，接着往后看下去，了解到机智勇敢的英加想办法拿到了珍珠，准备前往里格斯营救自己的父母和子民们。

多萝茜天生热爱冒险，自然对同样具有冒险精神的小王子惺惺相惜。她很想快些知道小王子是否能顺利实现计划，可惜的是魔法记事簿并不能预测未来。

多萝茜一整个晚上都在惦着小王子的事情，不过第二天一大早她就急匆匆地赶回了坐落于翡翠城的王宫里，因为奥兹玛公主要接连几天举行重大的活动，她得去帮忙。

结果多萝茜一忙起来就把英加他们的事情抛到了脑后。直到很多天以后，她无所事事地去奥兹玛的书房里看魔法地图——它可以显示世界各地发生在此刻的动态影像信息，而且场景、人物可以随意切换。这时多萝茜才猛然想起了那件事，她赶紧通过地图查阅英加的现状，结果看到了戈斯和科尔把英加的父母交给了矮子精国王，小王子千辛万苦地追到了那里苦苦哀求，卡利科却铁面无情地拒绝放人。小公主一晚上都在牵肠挂肚，第二天一早上去看魔法地图，发现卡利科已经对英加他们痛下毒手了。她看到英加在绝命连环阵里勇闯关卡的时候紧张得心都要跳出来了；看到小王子凭借智慧和神勇之力化险为夷、绝处逢生最终逃了出来又激动得欢呼叫好。

她非常同情这个可怜的男孩，更对矮子精国王不择手段卑鄙下流的行径愤愤不平。她不能再忍下去了，看到矮子精勾结里格斯的强盗做出这么多伤天害理的事，这个热心肠的小公主绝不会坐视不理的。

她赶忙跑去找奥兹玛把事情的经过讲给她听，告诉她英加是多么的孝顺、勇敢、坚强而又命运坎坷，恳切地对她说：“那个可恶的矮子精国王真是本性难移，又背着我们开始为非作歹了。可怜的英加如果没有我们的帮助肯定无法找到他的父母，他得多么难过啊！求求你了奥兹玛，让我去帮帮他吧。”

奥兹玛一边听一边温柔地微笑着，等多萝茜说完，她便亲切地说：“你说得没错，亲爱的。我当然不会阻止你去啦，不过我有个建议，就是要带上小个子魔法师一起去，路上也好有个人照应，我也就更放心了。”

多萝茜爽快地答应了，她和魔法师再熟悉不过了，两个人曾经一起走南闯北出生入死很多回了，有他做伴路上不会那么乏味，这趟旅行一定会更加精彩的。

“对了，你能把魔法地毯借给我吗？”多萝茜请求道，“有了它我们才能安全通过那片死亡沙漠。”

“没问题。另外我会派锯木马把你们拉到死亡沙漠边缘，这样可以省些脚程。放心去吧，我会在魔法地图上关注你们的行踪，如果发现你们受到威胁，我会立刻施法相助的。”

多萝茜欢快地扑上去搂住了奥兹玛的脖子，在这个年轻美丽的统治者那红润的脸颊上热情地吻了两下，然后欢蹦乱跳地去通知魔法师了。小个子魔法师是个有点秃顶的快活小老头，他听说了英加的遭遇后，二话不说便答应和多萝茜公主一起去救人。

不出半个时辰，多萝茜和魔法师就做好了充分的准备，坐上锯木马拉的车向着矮子精王国出发了。锯木马可不是普通的马，他不知疲倦，跑起来比闪电还要快。他们不一会儿就到了死亡沙漠边缘，然后多萝茜和魔法师下了车，从车里取出了魔法地毯铺到了面前的沙漠上。由于锯木马不擅长在沙漠上奔跑，到了山地上更是行动不便，所以他不需要跟去矮子精王国，便独自返回王宫了。

多萝茜一手挎着篮子一手挽着魔法师，愉快地踩着毯子往矮子精王国走去。这条魔毯只有两米见长，一米见宽，多萝茜和魔法师两个人刚好可以并排走在上面，他们每走两三步，魔毯就会自动向前伸展，跟着他们向前走，这样他们的脚下永远不会踩到砂砾。这片死亡沙漠一眼望不到边际，它的厉害奥兹国的人全都知道——血肉之躯但凡沾到这砂砾便会丧命，即便是隔着衣服鞋子没有直接接触也一样性命难保，就连魔法高强的巫师都没胆量在这上面穿行。正是因为这道强大的防线，所以千百年来外面的人很难进入奥兹仙境，居民们的生活才能一直那么平静安宁。

魔毯的功能除了可以隔开伤人的砂石，还可以日行千万里。所以小公主和老魔法师有说有笑地走了一个时辰，便走出沙漠来到了矮子精王国的边境。

多萝茜他们早就和矮子精们打过交道，对他们的规矩、秉性、习惯了如指掌，就连他们的软肋也一清二楚。而矮子精们一听说小公主和魔法师的大名就发怵。

他们在守门人的带领下走进了那些高高低低的洞穴，多萝茜手上的篮子用一层纱布严严地盖着，里面装的是他们的制胜法宝——矮子精看了它立马就会放弃抵抗跪地求饶——那就是鸡蛋。说起来这个武器还真是新鲜，那么不堪一击的食材谁会害怕呢？不过偏巧矮子精们天不怕地不怕就只是怕鸡蛋——应为他们只要碰到鸡蛋就会丧失全部魔法，而且永生符咒也会随之消失。原本矮子精们都是长生不老的，他们的年龄比矿里的宝石还要大，但是谁要是不小心碰到鸡蛋，无论是蛋壳还是蛋液，就会变成一个凡人，难逃生老病死之苦。多萝茜离开奥兹王宫的时候专门去养禽场里挑了一打新鲜的鸡蛋放在篮子里，有了这样秘密武器，她完全不把矮子精放在眼里。

尽管多萝茜有十足的把握制服矮子精，谨慎的魔法师还是做好了备用方案，他拎着小小的魔法提包，里面装了几样法力强大的魔法道具和药水——这些魔法他只要略施一二便能轻易击垮矮子精的千万大军了。

第二十一章

邪恶的山羊

林基廷克和英加已经通过了所有的考验，卡利科也履行承诺没有再为难他们，每天都好吃好喝地款待他们。不过无论英加怎么软磨硬泡，他都坚决不肯透漏关押宾加里国王和王后的地点，更不曾安排他们见面。

“你们的魔法确实了不起，坦率地说我很佩服你们。不过这并不意味着我怕了你们，至少我确信只要我不放人，你们就绝对救不出那两个俘虏。所以这么看来你们没有赢，我也没有输不是吗？”卡利科开诚布公地跟英加他们说道。

英加感到非常难过又无可奈何，但是他绝对不会气馁，不过眼下除了留在洞穴里消磨时间他也想不出别的办法了。那个没心没肺的林基廷克这会儿倒是过得很快活，他总算找到了可以说话聊天的玩伴，况且卡利科和他从体形到爱好上真有不少相像之处，胖国王每天除了吃吃喝喝就是找卡利科聊天玩游戏，过得非常滋润，早忘了自己还有任务在身。

那天下午，林基廷克正在津津有味地和卡利科玩滚铁环的游戏，英加在一旁百无聊赖地观看，克里克忽然神色仓皇地跑了进来，大呼小叫地说："不好了国王！出大事了！奥兹国的多萝茜公主来了！还带着那个本领高强的小个子魔法师！"

"什么！"卡利科从宝座上跳了起来，全身哆嗦起来，连胡须、眉毛都在颤抖。

"谁是多萝茜？"英加好奇地问道，他注意到矮子精国王还是头一次流露出这种发自内心的恐惧之情。

卡利科没有作声，他两眼直勾勾地盯着地板似乎什么都没有听到。

"哦！她来自奥兹国，那里是个仙境。不过这个小姑娘原本只是个普通平凡的农村姑娘，她老家在美国的堪萨斯州。她到奥兹仙境后深受奥兹玛的喜爱，当上了公主。这个小姑娘爱管闲事，脾气又差，可不好惹了。"克里克解释道。

"她是不是跟你们有什么宿怨？为什么你们听到她来了就这么害怕？"英加追问。

"倒也不是这样。"卡利科叹了口气说，"不过那个小丫头总是要求我们做一些违背我们天性的事情，比如叫我们本本分分、老老实实地生活。不允许我们有一丁点儿捣乱害人的行为，否则就会惩罚我们。说真的，这简直是剥夺了我们生活的乐趣啊——不过究竟是哪阵风把她给吹来了？这段时间我一直安分守己，没有做任何坏事啊！我怎么这么倒霉！还有那个可恶的秃头魔法师，他本来也是个普通人，却拥有了神通广大的魔法，那都是女巫格琳达教给他的。他们好端端地待在那个仙境里舒舒服服地享受多好，干吗过来给我找麻烦呢？"

听着卡利科喋喋不休地诉苦、唉声叹气，林基廷克和英加彼此会心地相视一笑，这真是老天有眼，现在卡利科的克星来了，说不定那个爱管闲事的奥兹国公主愿意跟英加联手对付卡利科呢。而且他们一听就知道多萝茜一定是个很有正义感的姑娘，所以她十有八九会出手相助的。

比尔比尔听到卡利科的话也显得若有所思，安安静静地在一旁倾听，他似乎对那个魔法师很感兴趣，整日挂在脸上的怒气都消失了。

没过多久一个矮子精进门回报说多萝茜公主已经到等候室了，卡利科无奈地挥挥手，克里克极不情愿把两个不速之客带上了大殿。多萝茜风风火火地走了进来，她都没有跟卡利科打招呼就直奔英加走了过去，然后热情地握住小王子的手，高声说："你就是英加吧！看到你平平安安的真是太好了！"

多萝茜公主竟然认识自己？英加又是惊讶又是开心，还有点不好意思。他红着脸，行了个鞠躬礼，问候了小公主，然后礼貌地小声问道："我们可曾在哪里见过吗？我好像并不认识公主殿下啊。"

"我们没见过面，不过我却认识你，还知道你的遭遇和全部的冒险经历！"多萝茜爽快地说，"我这次来就是专程给你帮忙的。你们不用担心，我有办法让卡利科放了宾加里国王和王后！"

小王子和林基廷克听到这些话真是心花怒放。

多萝茜转身板起稚嫩的面孔责问卡利科说："你知道自己又犯错误了吗？你怎么可以那样残忍地迫害这位正直诚实的小王子和敦厚忠诚的国王呢？"

"可他们并没有受到任何伤害啊。"卡利科一脸无辜地反驳道。

"你做的那些龌龊事我在魔法地图上看得一清二楚，别在这里狡辩了！"多萝茜气愤地说，"那些事我可以不追究，我只要你现在马上放了英加的父母！"

"绝对不行！"卡利科暴躁地说。

"我会让你同意的。不过我还是想再给你个将功补过的机会，让你主动这么做。"多萝茜气得脸都红了，"卡利科，你这样残忍地拆散别人的家庭，还非法囚禁了国家的君主，光是这两条罪行就非常伤天害理了！真没想到

你是个这样冷酷无情、心狠手辣的人。眼睁睁看着可怜的小王子成天思念父母，备受煎熬。真是太让我失望了！”

“我没有那么坏，我没有任何恶意，只是在信守对朋友的承诺啊！”面色苍白的卡利科还试图为自己辩解，“我和戈斯国王的约定在先，你总不能让我做个不守信用的小人吧？”

“他就是个十恶不赦的小人，你和小人讲什么信用呢？而且我还给你带来了一个消息——你的朋友戈斯国王和他的妻子都已经葬身大海了，再也不会有人来要求你信守这个损人不利己的承诺了。”

“你说什么？是真的吗？”卡利科深感意外。

“千真万确，我骗你做什么。奥兹玛的魔法地图上记载着一切，他们乘船离开这里的当天晚上就遭遇了海难，连人带船全都沉入大海了。所以，现在你没有任何压力了，请马上放人吧！”多萝茜说。

“我不能答应你。”卡利科犯起倔来比岩石还要坚硬，他觉得多萝茜太让自己下不来台了，所以诚心想要和这个小姑娘叫板。

多萝茜轻蔑地笑了笑，掀开了盖在篮子上的布，端到卡利科面前晃了晃。

“不！走开！”卡利科声嘶力竭地吼叫着，窜到了墙角缩成了一团，全身不停地颤抖。

“怎么是鸡蛋！你这个狡猾的小丫头！离我远点，算我求你了。”卡利科尖叫着。

“就是鸡蛋啊，一共有十二枚呢。你要来一枚吗？”多萝茜笑盈盈地说。

“不要！”卡利科哆哆嗦嗦地说着，“行行好吧我的公主殿下，赶紧把那些鸡蛋收好，千万别打碎了！你说什么我都答应！”

“那还不赶快放了英加的父母！”多萝茜说。

“好！好！克里克！快点去把那两个犯人带上来。”卡利科大声说道。

克里克受到的惊吓不比他的主子轻，他听到命令赶紧夺门而出，巴不得离那些危险的鸡蛋远点儿。不一会儿他就带来了吉蒂卡特国王和嘉莉王后。经历了千辛万苦和漫长的等待，一家三口终于团聚了，他们拥抱在一

起喜极而泣，这温馨而感人的场面看得林基廷克忍不住拿出手帕擦起了眼泪。

英加用简洁的话语给他们讲述了整个经过，提到了林基廷克国王对自己的帮助，还说这一切多亏了多萝茜公主的帮助。刚刚获得自由的宾加里国王夫妇感激地握住了林基廷克的手，嘉莉王后还亲吻了多萝茜的额头，一次又一次真诚地向她道谢。

“哟，终于到了大团圆结局喽，多大的人了还这样哭哭啼啼的，真不害臊。”站在比尔比尔身边的小个子魔法师冷不丁听到身旁传来说话的声音，被吓了一跳。他认真地打量着这只山羊。“你竟然会说话？这位山羊先生！”魔法师吃惊地说，“可按道理来说动物只有在奥兹国才会说话啊。”

“这和你有什么关系？”比尔比尔气呼呼地说。

魔法师想了想说：“我看你一定不是只普通的山羊，你应该是中了魔法吧？难道你是波波国的波波王子？”

比尔比尔没有回答，扭过头走开了。

“天啊！我有个大发现！”奥兹魔法师对大家宣布道，“你们先听我讲个故事，据说在遥远的波波国有一个风度翩翩的波波王子，谁知他不小心招惹了一位邪恶的巫师，那个巫师施了恶毒的诅咒把波波王子变成了一头又老又丑的山羊！失去人形的王子羞愧难当，便离开了他的王国，四处流浪，从此便杳无音讯了。”

大家听到这里都猜到了魔法师要公布的答案，都不自觉地看向了比尔比尔。

“没错！我现在找到波波王子了！他就是比尔比尔！”小个子魔法师激动地宣布。

大家一片哗然。林基廷克说：“我亲爱的比尔比尔，你怎么不早告诉我呢？我是你的朋友啊！”

“和你说又能怎么样？”比尔比尔低声说。

这话一下子把好心的胖国王给噎住了。

“他说得没错。”魔法师插话道，“就算知道了他的真实身份恐怕也没有

人能够帮他恢复原样。因为他身上的那种巫术非常强大，连我都无法破解。更糟糕的是那位邪恶的魔法师早就死了，他的魔法全都失传了。不过我想这件事情女巫格琳达或许会有好主意，她的魔法在奥兹国里无人能敌，而且她掌握着很多生僻的奇门魔法，不妨一起随我去奥兹国让她试一试，碰碰运气吧。”

宾加里的国王、王后和王子以及林基廷克国王受到邀请都深表感激，他们听说奥兹仙境是世间绝无仅有的神奇宝地，能去那里观光是千载难逢的好机会。于是他们第二天天亮就朝翡翠城出发了。多萝茜临走前再次警告卡利科做事情一定不能颠倒黑白，只要是欺负人的事都不能做，否则她还会带着鸡蛋来的。

他们一行人踏着魔毯有说有笑地穿越了死亡沙漠，原来那魔毯可以伸缩自如，这会儿人多它就变长变宽了。他们到达沙漠尽头的时候锯木马早就拉着红马车在恭候他们了，他们连羊带人坐上了马车，飞也似的朝王宫奔去。

第二十二章

盛大的晚宴

自从多萝茜公主离开王宫，奥兹玛公主一有空就去看魔法地图，关注小姑娘的行踪。她早就知道他们大获成功，而且打算来翡翠城，于是赶紧派锯木马去迎接他们，并吩咐下人准备丰盛的美酒佳肴，大摆筵席，为受尽苦难的小王子一家人接风洗尘。

奥兹玛还借这个机会邀请了整个仙境里所有有头有脸的人物共聚一堂，他们都是女王非常要好、值得信赖的朋友，大家住在奥兹国不同的角落，平日各忙各的，难得可以聚在一起。

女巫格琳达也早就获悉英加成功解救了他的父母，然后往翡翠城而来。她都是从魔法记事簿中得知

了一切，她对受到诅咒的山羊王子非常感兴趣，她事先查阅了好几十本相关的魔法书籍，记录了有用的咒语，然后收罗了一大包可能用得到的魔法工具和药水，然后驾着由十六只白鹤拉的车赶往了奥兹玛的宫殿。

奥兹玛站在宫殿门口亲切有礼地迎接远道而来的宾客们。她还细心周到地为他们准备了与身份相称的衣服，她在地图上就注意到了，他们历经重重磨难，身上的衣服早都又破又旧，而且个个灰头土脸，蓬头垢面，很有失身份。他们这个样子出现在正式场合，肯定会觉得自惭形秽，非常尴尬。所以奥兹玛昨天就命令仆人连夜赶制了几套做工考究、样式流行的华丽服装，分别放在了给他们安排的房间里，待他们沐浴后梳洗打扮一番就可以体面地出席隆重的晚宴了。

女巫格琳达和魔法师带着比尔比尔来到了他们施展魔法的实验室里，没有人会来打扰他们。格琳达关切地抚摸着比尔比尔粗糙的皮毛，又仔仔细细地询问了当初巫师施法的经过，让比尔比尔尽力回忆每一个细节，包括巫师的咒语、手势、药水的颜色气味等等。

比尔比尔被盘问得头都大了，时间过了这么久他的记忆也非常混乱。他对恢复原形的事越来越没有信心，于是产生了抵触情绪，拒绝配合女巫施法行咒。在他看来这些年的生活是一种奇耻大辱，即便恢复了人形，心理也会留下无法愈合的伤疤。

女巫格琳达严肃而温和地开导他说：“这并不是你的耻辱，你只是一个受害者，你没有必要为了坏人的罪行而放弃未来自我惩罚。面对打击一蹶不振、自暴自弃才是可耻的。”

比尔比尔想了很久，终于决定让格琳达开展她的魔法试验。比尔比尔身上的巫术非同寻常，是几种厉害的魔法经过融合创新生成的，确实非常棘手。格琳达尝试了很多咒语都弄不出一点儿动静来。最后她决定采用最繁复的程序来试一试——那就是根据物种进化的过程循序渐进地改变比尔比尔的外貌。

她先是把偶蹄目的山羊变成了奇蹄目的马，去掉了比尔比尔头上的角。然后再把四蹄站立的马变成了两脚站立的鸵鸟。接着她试图将鸵鸟变成波

波王子，但是失败了。她只好又将鸵鸟变成了猿猴，它是人类的近亲，二者同属灵长类动物。最后格琳达施法将猿猴变回人形，一阵烟雾散去，一位风流倜傥、身材适中的少年出现了。波波王子走到镜子跟前确认自己已经完全恢复了原貌，感激涕零地跪在地上亲吻格琳达的双手。

为了破解巫师的魔咒他们着实费了一番功夫。宴会大厅里除了他们，其他人都入座了，菜也上满了餐桌，不过大家都在耐心地等待着。当波波王子走出来时，大家全都致以热烈的掌声，纷纷送上了美好的祝福。

波波王子的座位就在林基廷克旁边，他轻手轻脚地坐了下来，红着脸低声下气地恳求胖国王原谅自己过去的无礼言行。他谈吐举止温文尔雅，和曾经的比尔比尔截然相反，他说过去是因为沾染了牲口的坏脾气，并非自己本意。

林基廷克看着朝夕相处的老山羊忽然变成了一个帅小伙，真是亦喜亦悲。他真心为比尔比尔解除诅咒感到高兴，然而想到失去了那个擅长拌嘴、能逗自己开心的老搭档，一种说不出的失落感又涌上了心头。

善良的胖国王安慰波波王子说："我一点儿也不讨厌过去的你，相反跟你斗嘴给我带来了不少欢乐呢。那些顶撞的话我从来都不往心里去。"

刚刚恢复人形的波波王子过惯了离群索居的自由生活，还不太适应这样的大场面，因此非常腼腆，很少开口讲话。不过大家都看得出他原本就知书达理很有修养，性情也非常温和，所以每个人都很喜欢他。

晚宴上大家愉快地交谈着，每一个人都非常快乐，当然论快活劲儿谁也比不过林基廷克——奥兹国千奇百怪的人物今天几乎都到场了，他还从来没见过这么些离奇古怪的事儿呢，觉得自己眼睛都不够用了——顶着个大南瓜的能讲话的南瓜人杰克、一身铁皮的温基皇帝尼克·乔伯、会说话的百兽之王胆小狮温顺得像只小猫……当然他对在场的每个人都很感兴趣，和邋遢人、比尔船长相谈甚欢；另外奥兹玛的气质和美貌举世无双，可爱率真的多萝茜公主和另外两个小姑娘——泰尼·特洛特、贝翠·鲍宾平分秋色。

林基廷克和大伙聊了一会儿又专门跑去动物们的餐桌上凑热闹了，他真心喜欢这些稀奇古怪的动物，捧着透明的玻璃猫看了半天，爱不释手。

不过他最中意的还是长着长耳朵的瘦驴汉克，他一看它的模样就忍俊不禁，被它那滑稽的样子逗得大笑不止。

酒宴过半，大家意兴阑珊之时，胖国王站起来宣布自己即兴为毛驴汉克作了一首歌，大家都开心地起着哄让他唱。

胖国王见这么多人给自己捧场，别提多高兴了，他底气十足地唱起来：

“有只毛驴叫汉克，
耳朵长长真滑稽。
好一副天生大耳朵，
我真担心它听不见。
看起来毛茸茸一大片，
长在汉克头上最相称。
若是猴子长了它，
走起路来摇又晃！”

一曲唱罢，在座的每个人都鼓掌称赞他的歌声美妙动听，于是林基廷克来了兴致，不一会儿，便又一气呵成创作了一首更长的颂歌。他一边唱

多萝茜一边拿笔记录了下来：

“我们共聚在翡翠城多么欢乐，
战友们打了个了不起的大胜仗，
正义之师所向披靡勇不可当！
我们不畏艰难险阻只为心中梦想，
来吧朋友们，
让我们举杯齐声欢唱！

苦厄已经离我们远去，
幸福的生活就在眼前，
我们如愿以偿！
戈斯、科尔坏事做尽逃不过天谴，
葬身鱼腹大快人心，
宾加里国王和王后翻身得解放！

波波王子风流倜傥，
谁会想到他遭到诅咒变成了山羊？
多亏格琳达魔法高强出手相助，
山羊也能重登宝座当国王！

我们即将扬帆起航，
挥手对过去说再见，
忘记那些不堪回首的恶战，
愿我们的生活永远和平安宁！
我们依依不舍离开这甜美的仙境，
只为了回到日思夜想的宾加里。”

胖国王的歌词虽然有点不押韵，但他唱得声情并茂、感情充沛，声音又很有磁性，大家全都对他啧啧称赞。林基廷克听着大家的赞美，打心眼儿里乐开了花，他颇有些惋惜地表示，今天时间太仓促，如果再多给他半个钟头润色，一定会拿出更好的作品来。

第二十三章

重返宾加里

这场别开生面的宴会举办得相当成功，唯一一点小小的遗憾就是奥兹国最有头脑的稻草人在乡下办事没能及时赶回来。说起来，他在奥兹国的人气和名声仅在奥兹玛一人之下，是个一等一的大人物。

不过好在英加他们在奥兹国一住就是一个多月，所以经常有机会跟这位风趣幽默的稻草人会面。吉蒂卡特国王和嘉莉王后之所以迟迟没有回自己的王国，主要是因为他们前阵子饱受摧残与折磨，身心受到了很严重的创伤，精神状态和身体状况都不是很好。不过令人欣慰的是，在奥兹玛的悉心关照下，他们慢慢地振作了起来。翡翠城里的每个人都是那么善良、热情，脉脉的温情滋养着他们的心灵，让他们逐

渐恢复了信心，也渐渐淡忘了那段炼狱般的生活。

日子一长，宾加里国王夫妇开始挂念起自己的国家和百姓了，他们被戈斯带走的时候，国家已经完全被摧毁了，也不知道经过这短短两个月的时间，家园重建的工作开展得是否顺利。

奥兹仙境里的生活固然胜似天堂，他们也交到了不少朋友，但是这里始终不是他们的故乡，所以他们决定不再逗留，尽快返回宾加里。至于英加，其实他早就归心似箭了。

林基廷克决定跟他们一起回宾加里去，反正他在哪里都一样快活，只要不回吉尔加德就自由万岁了。波波王子也决定跟随自己的老主人一起回去，他始终还是跟胖国王感情最深。

一行人在奥兹玛、多萝茜等人的盛情挽留下又多住了几天，终于在一个良辰吉日打道回府了。他们跟奥兹国的朋友们依依惜别之后，便坐上了锯木马拉的红马车，一转眼就来到了死亡沙漠的边缘，然后踏着魔毯穿越了死亡沙漠、矮子精王国的崇山峻岭，然后是车轮人的埃夫国——多萝茜和魔法师和他们在一起，为他们送行。他们有说有笑，才走了不大会儿工夫就来到了诺耐斯迪克海岸，英加惊喜地发现那艘黑色的轮船还原封不动地停靠在岸边。

每个人都再次拥抱了多萝茜和奥兹魔法师这两个大恩人，然后目送他们转身离开、渐行渐远，英加才开始划船。

他们很顺利地回到了宾加里。他们刚一登陆便被眼前的景象惊呆了——这里已经成了一座焕然一新的城市，没有丝毫被劫掠破坏过的痕迹，到处是一派欣欣向荣的景象。不夸张地说，这个新的宾加里城比戈斯来袭前的旧城还要漂亮！整齐划一的小洋楼排列在宽阔、笔直的柏油大道两旁，周围绿树环绕，鸟语花香。王宫也比以前更加气势恢宏，主殿金色的拱顶醒目而华丽，大理石的城堡塔楼耸入云霄，王宫的花园里种下的花草生机勃勃，还新添了一个喷泉和漂亮的雕塑——一切都是那么井井有条。

宾加里国王和王后简直不敢相信自己的眼睛，不过小王子英加心里有数，他知道这都是尼克的功劳。他们很快找到了尼克，他正在新建成的采

珠厂忙前忙后地给大家安排工作呢。宾加里的百姓在这个大总管的指挥下井然有序地在一片废墟中重新开始生活，他们的重建工作非常有效率，而其他方面也没有耽误，国王看到他们的国库中已经堆积了几万颗新采的珍珠。尼克还给自己和家人也建了一座气派的别墅，过上了舒坦日子。

吉蒂卡特国王认为尼克是个不可多得的人才，有卓越的管理能力，人品又非常可靠，所以对他大加赞赏，并当即对他委以重任，让他当上了皇家总务大臣——负责采珠工作以及一切对外贸易。

一家人回到新的宫殿安顿了下来。原来的那些宫女和仆人都如以往一样各司其职。英加把三颗神珠重新装回了那个锦囊，然后和父亲一起做了个机关，把宝贝藏了起来。

林基廷克重新成为他们的贵客，每天住在豪华的房间里，享受着高级的待遇。只是如今失去了比尔比尔，他到哪里都只能走路了，因此他时常忍不住怀念一下那只老山羊。不过波波王子谈吐举止温文尔雅、落落大方，胖国王还是挺喜欢他的。

看起来这个贪玩的林基廷克似乎是铁了心不回吉尔加德，要在宾加里安家落户了，因为这里无拘无束的日子实在太快活了，更何况好不容易能找到吉蒂卡特国王这样一位聊得投机的知己，两个人正是惺惺相惜，难舍难分呢。

吉蒂卡特国王和嘉莉王后、英加王子都非常喜欢林基廷克，甚至已经把他当成了家庭的一分子。因为他总能给大家带来欢乐，他的笑声有种神奇的魔力，似乎可以化解一切忧愁烦恼，有他在，生活也变得轻松了许多。

宾加里国王甚至认为林基廷克其实是个非常了不起的人，他的境界无人能及——别看他成天嘻嘻哈哈没心没肺，其实他并不是没头脑，只是生性豁达，什么都看得开而已。说起来他的心思非常灵巧，冷不丁就会冒出些富有哲理的金句来。

比如有一天他们回忆往昔，感喟人生变幻无常，胖国王说："人生妙就妙在谁也说不清下一秒会发生什么。正是因为没有定数，我们才更应该乐在其中，从长远来看遇到任何挫折都没有必要怨天尤人，因为低谷过后一

定会迎来高峰；同样的，不大悲亦无须大喜，得意时不可忘本，因为有潮涨就必定有潮落。”

吉蒂卡特国王一语不发地认真品味着这一番人生感悟。林基廷克又说：“我祖父有首歌讲的就是这个道理，想不想听听？”

“当然！”吉蒂卡特国王回答，“洗耳恭听！”

林基廷克清了清嗓子唱了起来：

“有一位伟大的国王，
他曾称霸天下傲视群雄，
可他现在却在给人烘蛋糕；
还有个乞丐正相反，
他聪明坚定当上了国王！

有只老虎在森林里八面威风，
谁知一招不慎被关进了动物园；
有只狮子生出来就住在笼子里，
如今却逃进森林自在逍遥。

有个大人欺负穷孩子，
把他打得哇哇哭；
孩子人穷志不短，
当上市长把大人判了刑。

昼夜更迭自古如是，
严寒过去又是酷暑；
潮起潮落千载莫变，
是非公道自在人心。

第二十四章

被俘虏的国王

一天清早，林基廷克正在和国王一家吃早饭，海边巡逻的哨兵忽然慌慌张张地跑了进来，大叫着："国王陛下，不好了，南边的海面上出现了一支船队，看样子是冲着我们来的！"

他们全都放下餐具紧张地朝海边跑过去，海岸上已经站满了手拿武器的岛民。他们是自发组成的防御队伍——因为大家都有过一次惨痛的教训，一朝被蛇咬，十年怕井绳。

大家焦虑地注视着那支船队，它的规模真不小，海面上黑压压一片，少说也得有五十条大船，它们果真正向着宾加里小岛挺进，好在

速度并不快。尼克收到消息也火速赶到了海边观望。

大家都非常焦虑，因为自从戈斯和科尔死掉后，最近海上一直风平浪静，他们也没收到消息说海上诞生了什么新的霸主。吉蒂卡特国王已经做好了随时回去拿珍珠的准备。

就在众人紧张观望的时候，林基廷克首先看出了问题，他哆嗦着对英加说："好孩子，快去把你的珍珠拿来，快！"

"你看出他们来者不善了是吗？"小王子惊讶于胖国王超前的判断力，"可是他们船上还挂着国旗呢，要真是敌人通常不会那么明目张胆的呀。"

"反正你先把珍珠拿来借我保平安吧。"林基廷克哭丧着脸说，"他们算不上你们的敌人，不过我确定是来者不善的。"

"林基廷克，看起来你认识那些人，何必言辞闪烁不告诉我们他们的来路呢？"吉蒂卡特国王追问，他从林基廷克的反应上判断，情况一定没有之前预想的那么危急。

"嗨，那都是吉尔加德的船。"胖国王眼泪汪汪地说，"那国旗我隔着一公里都能认得清。"

大家都被林基廷克给弄糊涂了。"你的国民来了，你应该高兴啊，用珍珠干什么？"宾加里国王大惑不解地问。

没等林基廷克回答，一旁的波波王子就笑着说："亲爱的陛下，看来你这次逃不掉了，乖乖束手就擒吧。他们此番兴师动众，不把你带回去按到王座上肯定不会罢休的！"

林基廷克看起来绝望极了，可周围的人都觉得他实在滑稽，忍不住笑了起来。大家松了一口气，人也都散开了。

那些气派的轮船一条接一条驶入了港口。船上的水手们统一穿着颜色艳丽的王家制服。中间那艘最豪华、排场最大的轮船甲板上摆着一把金灿灿的镶着宝石的龙椅，椅背上还挂着一件紫红色的超大码丝绒皇袍，上面还精细地用金丝绣着细密的毛茛草图案。

林基廷克看到那把龙椅吓得连连后退了好几步。接着，那条船上走下来一个衣着华丽、仪表堂堂的高个子男子。他径直朝林基廷克走来，在他跟前跪倒在地。

船上顿时响起了欢呼声和口哨声，还有人激动得把羽毛帽都抛到了沙滩上。

“国王陛下！可算找到您了！”那个男人说，“感谢老天！真是功夫不负有心人啊！”

“平克布罗，我回去做的第一件事就是要砍掉你的脑袋。”林基廷克板起面孔说。

“我知道您这么说只是吓唬我的。”那个叫平克布罗的人笑嘻嘻地说着，抓起林基廷克的手亲吻了一下，便自作主张地站了起来。看得出来他一点儿也不害怕林基廷克。

“你怎么这么确定？”林基廷克的脸又变得非常悲伤。

“陛下，您可是天下第一的好人，心肠比谁都软，怎么可能惩罚您忠心耿耿的老部下呢？”平克布罗说着，脸上露出了狡黠的笑容。

“你说得没错，平克布罗大人。心肠软是我最大的缺点了。”林基廷克垂头丧气地说，“能不能告诉我，你们是怎么知道我在这里的？”

“陛下，我们也不确定您在这里，只是碰运气而已。老实说，自从您不告而别之后，我们一直在四处打听您的下落，我们已经在诺耐斯迪克海上漂泊了半年多了，这个盛产珍珠的小岛已经是我们到过的第十一个国家了。”平克布罗用坚定的语气说道，“只要您还健在，我们是绝不会任命新国王的！”

“说吧，你究竟想把我怎么样？”林基廷克问。

“陛下，您必须和我们回去。”平克布罗说，“当国王是您的义务，您的子民都需要您！”

“我就不！”林基廷克又开始蛮不讲理地耍赖皮了。

“请原谅我的大不敬，但国王陛下，这件事情得听大家的意见，您说了可不算哦。”平克布罗的口气像是在哄小孩。

“亲爱的吉蒂卡特老兄！你会帮我吧？别让他们把我带走好不好？这里的日子多么快活。回到吉尔加德，那种坐在龙椅上拿架子，装腔作势地发

号施令的事情我真的不擅长。他们每天都强迫我在椅子上坐三个小时，听他们说那些关于国家管理建设、民生民情的陈词滥调，还有没完没了地报告、诉苦、请愿、检举——我都快不是我自己了！这样活着还有什么意思？”林基廷克长吁短叹地倒了半天苦水。

“陛下，我对您深表同情。”平克布罗说，“我理解您的心情，可我也没有办法，谁让您生下来就是国王呢？每个人都要做好他自己的本分，厨师要做好饭，水手要划好船，而您，林基廷克国王，唯一要做的就是当个好国王！”

“太痛苦了！我敢肯定当国王比死还要受罪！”林基廷克绝望地叫喊着。

宾加里国王一直在听着他们的对话，然后微笑地看着他的朋友，劝说道：“亲爱的林基廷克，他说得没有错，当国王是你命中注定的事，也是你躲不开的责任。虽然我也舍不得你离开，但是你的人民比我更需要你。”

林基廷克知道自己现在是胳膊拧不过大腿，也就不再浪费口舌了。“好吧，我同意跟你们回去。不过我还有一个条件——再给我三天时间，我要好好利用这最后的自由时光痛痛快快地享受，和我的朋友们热热闹闹地狂欢，轰轰烈烈地道别。”

事情就这么定了，吉蒂卡特国王宣布为了给林基廷克国王饯行，全国举行为期三天的庆典活动，在广场上大摆宴席，规模要和国庆盛典一个水平。吉尔加德的人民也都欢呼雀跃地来到了岸上，加入到了喜庆的狂欢之中。两国人民欢聚一堂，这热闹非凡的场面在宾加里小岛上绝对是空前绝后的。

林基廷克一连三天都在尽情地狂欢，参与民间的载歌载舞的庆典活动，参加各种有趣的游戏；每天都换着花样地大吃大喝，对酒当歌，痛快大笑——这将成为他一生中最开心、最难忘的美好时光。

快乐的日子总是过得飞快，离别的日子一晃就来临了，那一天宾加里所有的人都来到岸边，给深受他们喜爱的胖国王林基廷克送行。林基廷克在众大臣的簇拥下坐上了那个令人垂涎却令他厌倦的王座，穿上了国王的

一身行头。

岸上的百姓们说着珍重，跟邻邦的朋友们挥手道别。林基廷克的船上千余名水手齐刷刷地将船桨成四十五度角举向天空，示意再会。

林基廷克站在船尾，面冲岸边热情的人们欠身行礼，然后唱起了一首他临场创作的诗歌：

“再会吧，迷人的宾加里，
紫红色海洋上最耀眼的明珠！
你们的珍珠美丽又稀罕，
世人无人不爱无人不喜！

再会吧，我的朋友吉蒂卡特，
我心中万般不舍却无可奈何，
五十条船将我拖回了家，
此番离别不知何时能再会。

再会吧，善良勇敢的小王子，
我们曾生死与共并肩作战，
道声珍重未来的君主，
愿你再不会遇到凶恶的敌人。”

林基廷克唱完竟已经泣不成声了，他赶紧擤了把鼻涕，冲着船员们一声令下，停在半空中的木浆齐声下水划动起来，大船在人们的欢呼声中乘风破浪，渐渐远去了。

林基廷克回头注视着海岸，直到它完全消失在视野里。他怅然若失地转过身，才注意到波波王子一直站在自己身后——年轻的王子并没有回他的国家继承王位，他打定主意对林基廷克不离不弃，跟他一起回吉尔加德去。

胖国王心中很是欢喜，便习惯性地脱口而出：“嗨，比尔比尔，我这首歌唱得还不赖吧？——喔，我心里叫的是波波王子——这是我这一年来最得意的作品了。”

“当然，我的陛下。”波波王子微笑着说道，“您的每一首歌我都喜欢，因为诗意之外情意更浓！”